Milena Agus

Eine fast perfekte Welt

Als Ester noch in Genua lebte, sehnte sie sich nach Sardinien zurück. Nach der wilden, steinigen Landschaft und dem ursprünglichen Leben im Dorf. Nun ist sie zurück in ihrer Heimat, doch die Sehnsucht ist geblieben. Ihrer Tochter Felicita soll es da besser ergehen – und tatsächlich schafft sie sich ihren Flecken Glück. Im bunten Hafenviertel von Cagliari fertigt Felicita Schmuck aus Weggeworfenem und zieht ihren Sohn Gregorio groß. Gregorio wird Pianist, ihn zieht es in die Ferne nach New York, in die Stadt des Jazz und der Einwanderer.

Poetisch und berührend erzählt Milena Agus von drei Generationen einer Familie und davon, dass wir alle Voraussetzungen für ein erfülltes Leben in uns tragen.

Milena Agus wurde 1959 als Kind sardischer Eltern in Genua geboren. Heute lebt sie in Cagliari auf Sardinien. Ihr Weltbestseller ›Die Frau im Mond‹ (2007) wurde 2016 mit Marion Cotillard verfilmt.

Monika Köpfer übersetzt aus dem Italienischen, Englischen und Französischen, u.a. Richard Russo, J.L. Carr, Mohsin Hamid, Naomi J. Williams, Fabio Stassi und Theresa Révay.

Milena Agus

Eine fast perfekte Welt

Roman

Aus dem Italienischen von
Monika Köpfer

dtv

Zitatnachweise

S. 5: Textauszug aus: Amos Oz, ›Judas‹. Roman.
Aus dem Hebräischen von Mirjam Pressler. © Amos Oz 2014.
© der deutschen Übersetzung Suhrkamp Verlag Berlin 2015.

S. 111 und 114: Textauszug aus: Giacomo Leopardi,
»Nachtgesang eines wandernden Hirten in Asien«, in:
›Gedichte und Prosaschriften‹. Aus dem Italienischen von Paul Heyse.
Verlag von Wilhelm Hertz, Berlin 1889.

S. 153 und 154: Textauszug aus: Giacomo Leopardi, »Das Krähen des urigen Hahns«, in: ›Opuscula Moralia. Oder vom Lernen über unsere Leiden zu lachen‹.
Aus dem Italienischen von Burkhart Kroeber. Band 389. Die Andere Bibliothek,
Berlin 2017. © Aufbau Verlage GmbH & Co. KG, Berlin 2017.

S. 183: Textauszug aus: ›Der Koran‹: Sure 41/Vers 34. Aus dem
Arabischen von Rudi Paret. 12. Auflage. © W. Kohlhammer GmbH 2014.

S. 202: Textauszug aus: Eugenio Montale, »Haus am Meer«, in:
›Glorie des Mittags‹. Aus dem Italienischen von Herbert Frenzel.
Piper, München 1960.

MIX
Papier aus verantwortungsvollen Quellen
FSC® C019821

Die Originalausgabe erschien 2017
unter dem Titel ›Terre promesse‹ bei nottetempo in Mailand.

Umschlaggestaltung: dtv nach einem Entwurf von Lübbeke
Naumann Thoben, Köln
Umschlagmotiv: plainpicture/Gabrielle Duplantier
Satz: Greiner & Reichel, Köln
Druck und Bindung: Druckerei C.H.Beck, Nördlingen
Printed in Germany · ISBN 978-3-423-14834-4

Eines Abends erzählte Gerschom Wald eine Geschichte von einer Kreuzfahrerschar, die sich in der Mitte des 11. Jahrhunderts von der Gegend um Avignon aus auf den Weg nach Jerusalem machte, um die Stadt aus den Händen der Ungläubigen zu befreien und um in ihr […] Seelenfrieden zu finden. […] Sie mussten viel Mühsal ertragen, Krankheiten und Auseinandersetzungen und Hunger und blutige Kämpfe mit Wegelagerern und anderen bewaffneten Gruppen, die ebenfalls im Namen des Kreuzes nach Jerusalem zogen […] doch während der ganzen Zeit sahen sie das wunderbare Jerusalem vor sich, eine Stadt wie keine andere auf der Welt, eine Stadt, in der es nichts Böses und kein Leid gab […] Langsam sank ihre Stimmung […] Trotzdem zogen die Kreuzfahrer weiter ostwärts, Richtung Jerusalem, durch Morast und Staub und Schnee, […] bis sie an einem Sommerabend, zur Zeit des Sonnuntergangs, ein kleines Tal erreichten, umgeben von hohen Bergen […] In ihren Augen war dieses Tal eine göttliche Oase […] So kam es, dass die Kreuzfahrer sich untereinander berieten und beschlossen, diesem gesegneten Tal den Namen Jerusalem zu geben und hier ihre zermürbende Reise zu beenden.

Amos Oz, *Judas*

ERSTER TEIL

Das Festland

I

Ester kam völlig außer Atem genau in dem Moment am Bahnhof an, als der Zug einlief. Aber sie gesellte sich nicht zu dem Grüppchen der dort Wartenden, weil anstelle von Raffaele, ihrem Verlobten, ein aufgedunsener, fast gänzlich kahler Mann in einem lächerlichen grünen Trainingsanzug aus dem Waggon stieg.

Raffaele war arm. Sein Vater war Hilfsarbeiter gewesen, und Raffaele war schon als kleiner Junge mit ihm arbeiten gegangen, im Winter eine schäbige Strickmütze und im Sommer ein feuchtes, an den Ecken geknotetes Taschentuch auf dem Kopf. Er sei freiwillig in den Krieg gezogen, weil er Faschist sei, sagten die Leute im Dorf. In Wirklichkeit hatte er einfach nur die Romane von Salgari, Melville, London und Conrad gelesen, wieder und wieder, und schließlich bei der Marine angeheuert, weil er das Meer sehen wollte. Vielleicht aber auch, weil er sich nicht auf immer und ewig als Hilfsarbeiter oder als Hirte oder Bauer verdingen wollte.

Seiner Mutter hatte er gesagt, er komme nur ins Dorf, um mal wieder kurz zu Hause vorbeizuschauen, ehe er erneut in seine Marineuniform schlüpfen und wieder aufbrechen werde.

Die Mutter war in jungen Jahren Witwe geworden. In ihrer Straße war sie die Einzige, die lesen und schreiben konnte, und wenn sie für andere einen Brief verfasste, wurde sie mit einem Ei entlohnt. Früher hatte immer ihr jüngerer Sohn, ein kränklicher Junge, es bekommen, und für Raffaele, den Älteren, der von robuster Gesundheit war, blieb kaum etwas zu essen übrig. Auch deswegen war er als Freiwilliger in den Krieg gezogen, und nicht etwa, weil er Faschist war.

Im Krieg, ein ohnehin unglückseliges Universum, traf es ihn besonders schlimm. Im April 1943 befand er sich auf dem Schweren Kreuzer Trieste, als dieser in der Reede Mezzo Schifo vor Palau von B-17-Bombern des III. Geschwaders der 98. Bomb Group versenkt wurde, konnte sich jedoch retten, indem er sich stundenlang an einer Holzplanke festklammerte. Im September 1943 nahmen ihn die Deutschen vor Marseille auf der Fregatte Jean de Vienne gefangen, die das Vichy-Regime 1942 der Regia Marina, der königlichen italienischen Marine, überlassen hatte. Wie alle italienischen Kriegsgefangenen hatte man ihn gefragt, ob er auf der Seite Hitlers kämpfen wolle, andernfalls werde man ihn in einem Lager internieren. Raffaele zögerte keine Sekunde und wählte das Lager. Und so brachten die Nazis ihn ins SS-Sonderlager Hinzert, wo er dann von den Amerikanern befreit wurde.

Daher hatten die Dorfbewohner erwartet, er würde innerlich gebrochen zurückkehren, nur noch Haut und Knochen, aber stattdessen war er füllig geworden und sprach geradezu begeistert von seinem Lageraufenthalt. Die Amerikaner seien, als sie das Lager betraten, so entsetzt vom Zustand der Gefangenen gewesen, dass sie diese mit Konservennahrung, Schokolade und allen Arten von Köstlichkeiten gemästet und obendrein mit Zigaretten versorgt hätten. Deswegen sei er so dick geworden und habe sich das Rauchen angewöhnt.

Dann stellte er seine Reisetasche auf den Boden und kramte darin herum. Er brachte Zigarettenpackungen und Schokoladentafeln zum Vorschein, hielt sie den Dorfbewohnern hin, die zum Bahnhof gekommen waren, um ihn willkommen zu heißen, und verkündete stolz, das seien Geschenke seines Freundes aus New York, eines Trompeters, der eines Tages gewiss berühmt werden würde. Dieser Soldat, ein Schwarzer, habe seine Trompete nach Europa mitgebracht, und nie werde er vergessen, was für eine Wirkung sein Spiel in der Trostlosigkeit des Lagers gehabt habe. Auch die Deutschen hätten hin und wieder auf ihren Grammofonen Musik gespielt, die bis zu den Gefangenenquartieren drang, aber die von seinem Freund sei natürlich etwas ganz anderes gewesen. Musik, ganz allein für sie, noch dazu Jazz.

Dieser Trompeter, erzählte Raffaele weiter, habe die verflixte Angewohnheit gehabt, einfach nur zu rufen: »*Hey, white man, come here!*«, wenn er einen bestimmten Gefangenen meinte. Und da alle Gefangenen des Lagers weiß waren, sei ihnen natürlich klar gewesen, dass er sie auf den Arm nahm. Eines Tages reichte es Raffaele, und er bat einen Amerikaner, der Italienisch konnte, für ihn zu antworten: »Übrigens haben wir Weißen hier alle einen Namen und von Weißen, Schwarzen, Juden, Slawen, Zigeunern und Japanern wollen wir nichts mehr hören.«

Von diesem Moment an habe der Schwarze aus New York sie nicht mehr auf den Arm genommen. Und er habe Raffaele viel über Jazz erzählt, so gut er es in seiner Sprache vermochte. Nur seinen Namen habe er ihm nicht gesagt.

Indessen lauschten die Dorfbewohner dem jungen Mann mit einer Miene, die ausdrückte, dass sie ihn auf keinen Fall enttäuschen wollten, indem sie das, worauf er so stolz war – die Schokolade, Zigaretten und schwarzen Freunde aus Amerika –, nicht gebührend schätzten, und hielten die Mitbringsel andächtig in den Händen.

Ester, die diese Szene aus einiger Entfernung beobachtet hatte, versteckte sich. Ihre große Liebe war dick, schwerfällig und fast glatzköpfig geworden, und mit einem Mal erschien es ihr verrückt, all die Zeit über auf ihn gewartet zu haben.

Nachdem er Schokolade und Zigaretten verteilt hatte, trennte sich Raffaele von dem Grüppchen und ging allein auf den Bahnhofausgang zu. Die Dorfbewohner blickten ihm nach. Mit seinen Geschichten und seinem Jazz konnten sie nicht viel anfangen.

Auch Ester machte sich wieder auf den Heimweg und achtete darauf, unbemerkt zu bleiben.

2

Trotz ihrer Enttäuschung löste Ester die Verlobung nicht auf, aber als Raffaele zum ersten Mal aus Genua nach Sardinien kam, um sie zu besuchen, fand er die Tür verschlossen vor. Als niemand aufmachte, wandte er sich zum Gehen, doch Ester lief auf die Straße hinaus und ihm nach.

Diese Szene sollte sich noch oft, nämlich bei jedem weiteren Besuch von Raffaele, wiederholen. Wenn die Tochter durch das Eingangstor entwischen wollte, packte die Mutter sie am Arm und hielt sie mit der anderen Hand an den Haaren fest. Sie schüttelte sie, schrie sie an, sie sei verrückt, wenn sie diesen Hungerleider noch immer als ihren Verlobten betrachte. Nur eine dumme Gans wie sie habe fünf Jahre lang darauf warten können, dass dieser arme Schlucker, der nichts könne und nichts besitze, aus dem Krieg zurückkehre, sagte sie.

»Lass sie in Ruhe!«, rief dann eine männliche Stimme über den Laubengang hinweg. »Sie wäre für ihn gestorben!«

Die Mutter dachte jedoch nicht daran, Ester loszulassen, sondern schrie sie weiter an. Es sei ihr egal, wenn man sie im ganzen Dorf hören könne, dann wüssten wenigstens alle, dass es in diesem Haus noch jemanden gebe, der bei Verstand sei. Doch vom hinteren Ende des Laubengangs her ertönte erneut ein Befehl: »Lass sie los!«, und Ester flehte diese Stimme um

Hilfe an. Oft kam Felice, ihr Bruder, herbeigelaufen, um sie aus der Umklammerung ihrer Mutter zu lösen, während diese ihn mit Beschimpfungen überzog. »Du Nichtsnutz! Nur für Dummheiten bist du zu gebrauchen!«

Seit Felices Rückkehr aus dem Krieg in Afrika war er arbeitslos, so wie Millionen anderer verzweifelter Heimkehrer. Der Mutter machte dieser Sohn keine Freude. Vor allem mochte sie seine runden Augen nicht, die einen nie direkt ansahen, sondern immer angstvoll auf etwas gerichtet waren.

Der Hafen von Genua hatte, nachdem die deutschen Truppen abgezogen waren, nur relativ wenig Schaden genommen, sodass Raffaele seine Arbeit bei der Marine behalten hatte.

Zwar war der Lohn erbärmlich, aber nachdem er lange Zeit nur Mauern und Stacheldraht gesehen hatte, gefiel ihm Genua, weil es am Meer lag, wegen des klaren blauen Himmels nach so viel grauem Nebel, wegen des Windes und des Auf und Ab der Gassen nach der trostlosen Öde.

Insgeheim wäre er aber auch gern nach New York emigriert. Wie so viele vor ihm träumte er davon, in Ellis Island einzulaufen. Er stellte sich vor, wie es sich anfühlen würde, unter der Freiheitsstatue zu stehen. Aber wie sollte er das Ester beibringen?

Er hatte sie kennengelernt, als sie, blutjung, mit einem Steinkrug auf dem Kopf mit ihren Schwestern zum Brunnen ging. An jenem Tag war der Himmel voller Wolken, die sich aufrollten und wieder entrollten wie Wollknäuel.

Er hatte sich in sie verliebt, weil sie anders war, blond in einer Welt von lauter Dunkelhaarigen, mit einem schmalen, feinen Gesichtchen unter lauter Frauen mit strengen Mienen.

Mit den nach oben weisenden Mundwinkeln schien sie jederzeit zum Lächeln bereit, aber bei näherem Hinsehen erwies sich ihre Miene als ganz und gar nicht heiter, und statt zu lächeln, sagte sie: »Wie schafft man es bloß, an einem solchen Ort zu leben?«

3

Raffaele musste oft an seinen schwarzen Freund denken. Er war allen Amerikanern dankbar, weil sie ihn und seine Landsleute befreit und überdies großzügig auf Reparationsforderungen an Italien verzichtet hatten. Außerdem hatten sie sich nicht darauf beschränkt, das Land mit lebenswichtigen Gütern zu versorgen, sondern halfen den Italienern obendrein mit anderthalb Millionen – nach heutigem Wert etlichen Milliarden – Dollar, wieder auf die Beine zu kommen. Ganz zu schweigen von diesen neuen Insektiziden, die die Malaria, diese Geißel, in Sardinien so gut wie ausgemerzt hatten.

Felice mochte hingegen die Sowjetunion. Die Amerikaner konnte er nicht ausstehen, die schlugen ihm regelrecht auf den Magen. Hiroshima und Nagasaki schien die Welt bereits wieder vergessen zu haben. Er war britischer Kriegsgefangener gewesen, und es interessierte niemanden, was er alles durchgemacht hatte. Alle bemitleideten nur die Kriegsgefangenen der Nazis.

Aber in den folgenden Jahren fand jedes Mal am 9. Mai, dem Tag, an dem die Russen das Kriegsende feierten, eine große Aussöhnung zwischen den beiden statt. Wenn er an diesem Tag zufällig im Dorf war, versäumte es Raffaele nie, Felice eine Flasche Wein mitzubringen, um auf dieses Ereignis anzustoßen, und war er in Genua, rief er ihn an, um ihn von ganzem Herzen zu beglückwünschen. Zwar hätten ihn die Amerikaner befreit, sagte er, aber hätte sich das Lager, wo er inhaftiert war, weiter im Osten befunden, hätte sein schwarzer Freund ohne Weiteres auch ein blonder Musiker aus Moskau sein können.

Zu guter Letzt ließ seine zukünftige Schwiegermutter Raffaele doch ins Haus, wenngleich nur widerwillig. Dagegen fürchtete sich Ester neuerdings fast vor den Besuchen ihres Verlobten, weil dieser sich unentwegt mit seinen Schwagern in spe über Politik in die Haare kriegte. Mit der Zeit wünschte sie, er würde nur noch so selten wie möglich kommen. Sie liebte ihn mehr, wenn er weg war. Während der langen Wartezeit bis zur Hochzeit schrieb sie ihm täglich, und täglich wartete sie am Eingangstor auf seine Antwortbriefe.

Unterdessen hörte die Mutter nicht auf, diese Liebe zu sabotieren. Unter dem Vorwand einer dringenden Besorgung schickte sie ihre Tochter ungefähr zu der Uhrzeit weg, zu der der Postbote normalerweise kam, oder verriegelte das Tor, in der Hoffnung, er würde unverrichteter Dinge wieder gehen.

Ester schrieb die Briefe, wartete auf Antwort und träumte vom Tag ihrer Hochzeit, an dem sie diesem gottverlassenen Flecken Sardinien endlich den Rücken kehren konnte, um aufs Festland zu ziehen; außerdem verbrachte Ester ihre Tage damit, unter Anleitung ihrer ältesten Schwester, einer versierten Schneiderin, ihre Aussteuerwäsche zu besticken, die Terracotta-Böden zu wischen und die Hühner und Kaninchen zu füttern; in aller Herrgottsfrühe, wenn es noch dunkel war, stand sie auf, um Brot zu backen, und die Holzschuhe und groben Wollstrümpfe legte sie nur an den Sonntagen ab, wenn sie zur Messe ging und nachmittags mit ihren Freundinnen die Dorfstraße auf und ab flanierte.

Es mochte ja sein, dass Raffaele nach all der Zeit wieder so schön wie vor dem Krieg geworden war, aber es gelang ihr einfach nicht, in ihm den Jungen wiederzuerkennen, der Jahre zuvor ihren Vater um ihre Hand gebeten hatte. Doch wenigstens würde er sie aus diesem Dorf wegbringen, denn ihr ging weiter die Frage im Kopf herum: Wie schafft man es bloß, an einem Ort wie diesem zu leben?

Es war vielleicht die mühevollste ihrer Aufgaben, aber Wasser vom Brunnen zu holen war das Einzige, was sie wirklich gern tat. Nachdem sie den Krug mit Wasser gefüllt hatte, musste sie ihn auf dem Kopf balancierend nach Hause tragen, aber da sich der Brunnen unweit des Hauses ihrer zukünftigen Schwiegermutter befand, verschaffte ihr das jedes Mal einen Vorwand, diese zu besuchen und in den Genuss der Teestunde zu kommen, die dort nachmittags zelebriert wurde.

Raffaeles Mutter stammte nämlich aus einer Familie von Honoratioren und war enterbt worden, als sie sich in einen mittellosen Mann verliebte. Dennoch hielt sie auch in diesem ärmlichen Haushalt an den Sitten und Gebräuchen ihrer Familie fest: Das Mittagessen ließ man aus, dafür pflegte man die Tradition des *Five o'Clock Tea*, genau wie im Buckingham Palace oder bei den Sisternes, der reichsten und vornehmsten Familie am Ort, deren einzige Tochter Dolores hieß.

Diese Besuche mussten geheim bleiben, und nur Felice wusste davon. Unermüdlich verteidigte er seine Schwester, derentwegen er von der Mutter beschimpft und gedemütigt wurde; immer wieder warf sie ihm an den Kopf, er sei kein richtiger Mann, denn wäre er einer, würde er seine Schwester vor Raffaele, diesem Verrückten, beschützen.

Raffaeles Besuche im Dorf wurden für Ester immer belastender. Seine Wortgefechte mit ihrem Bruder wegen der Russen und Amerikaner waren ebenso unerträglich wie jene mit den Ehemännern ihrer Schwestern. Diese wählten die Christdemokraten und meinten, es sei nicht alles schlecht gewesen, was Mussolini getan habe.

»Was zum Beispiel?«, fragte Raffaele dann angriffslustig.

»Die Arborea-Ebene. Das war früher ein Sumpf. Jetzt können wir sie landwirtschaftlich nutzen. Und wem verdanken wir das, wenn nicht Mussolini, der sie trockengelegt hat?«

»Der Rockefeller-Stiftung und dem DDT ist das zu verdanken; wenn die nicht gewesen wären, wäre die Gegend um Arborea noch immer ein einziger großer Mückentümpel.«

»Das DDT«, beeilte sich Felice zu sagen, »hätten die Russen auch gebracht, hätten die uns befreit.«

»Aber es waren die Amerikaner, die uns befreit haben.«

»Die Amerikaner hätten ohne den Widerstand der Russen in Stalingrad nichts ausrichten können. Im Grunde hat Stalingrad den Nazis den Todesstoß versetzt.«

»Nein, der eigentliche Todesstoß war die Landung der Alliierten in der Normandie.«

Die Frauen seufzten. Sie nahmen den Männern den Wein weg, damit der Alkohol sie nicht noch hitziger machte. Währenddessen saß Esters Mutter schweigend und den Kopf mit dem schwarzen Tuch nach vorn gebeugt da; der Aufstand, den die Männer veranstalteten – ihr Sohn um Togliatti, der Verlobte ihrer Tochter um Rockefeller und ihre Schwiegersöhne um Mussolini –, machte sie fassungslos. Wie konnten sie sich nur so ereifern, wo sie selbst doch solche Hungerleider waren und es immer bleiben würden? Daher atmeten alle auf, wenn Raffaele nach seinem Urlaub wieder nach Genua zurückkehrte.

Nachdem ein paar Jahre vergangen waren, verfiel Ester irgendwann in Trübsinn. Sie litt zusehends unter Schlaflosigkeit und schrecklichen Kopfschmerzen und bekam einen Hautausschlag, der so juckte, dass sie schier verrückt wurde. Noch immer schloss sie jeden Brief an ihren Verlobten mit den Worten: »Wie schafft man es bloß, an einem solchen Ort zu leben?«

Raffaele wiederum gelangte drüben auf dem Festland mit jedem weiteren Tag mehr zu der Überzeugung, dass sein magerer Sold ihm niemals gestatten würde zu heiraten; in der Industrie hingegen würde er genügend Geld verdienen, um Ester endlich zu sich holen zu können.

Schließlich fand er eine Stelle bei Ansaldo, einem großen Industrieunternehmen. Er wollte nicht aus Genua weg. Er liebte den Hafen mit seinen Ozeandampfern, die gerade aus Amerika kamen oder dorthin aufbrachen, die kalte, böige Tramontana, die engen, dunklen Gassen, die oben auf dem Felsen urplötzlich in lichte Plätze mündeten, von wo aus man auf das Meer und die Züge blickte, die tief unten mit schrillen Pfiffen über die Gleise ratterten.

4

Raffaele arbeitete nun schon seit vielen Jahren bei Ansaldo.

Eines Morgens, als er wieder einmal zu Besuch auf der Insel war, ging seine Mutter in der niedrigen Küche zwischen Tisch und Kamin hin und her, wo sie zum Frühstück ein paar Scheiben *civraxiu*, ein knuspriges sardisches Brot, röstete. Man hörte ihr Schnaufen. Sie war schwerkrank, und selbst bei der leichtesten Tätigkeit geriet sie schnell außer Atem.

»Wenn du sie kennen würdest«, brach der Sohn das Schweigen, »wenn du nur sehen würdest, wie perfekt sie zu mir passt.«

»Perfekt«, sagte die Mutter leise, wie zu sich selbst, »perfekt, nur weil sie anders und weit weg ist.«

»Was willst du damit sagen – weit weg?«

»Ich will sagen, dass ihr Vater ein Reeder ist. Ich will sagen, dass sie weit weg von mir und diesem schwarzen Tuch auf meinem Kopf ist, weit weg von dieser Küche, dem Klo auf dem Hof draußen.«

»Willst du damit sagen, ich liebe sie, weil sie reich ist?«

»Nein. Aber ich bin alt genug, um zu wissen, dass zwischen dem einen und dem anderen Grund schwer zu unterscheiden ist.«

»Willst du damit sagen, dass Babbo dich nur geheiratet hat, weil du reich warst?«

»Nein. Du weißt ganz genau, dass meine Eltern mich enterbt haben. Ich meine die Zeit, als es angefangen hat zwischen uns. Er hat mich als reiche Tochter kennengelernt. Du darfst nicht nur an dich, sondern musst auch an deine neue Freundin denken.«

»Was willst du damit sagen?«

»Gar nichts will ich damit sagen.«

»Dass sie es irgendwann bereuen könnte, einen armen Schlucker geheiratet zu haben? So wie du es bereut hast?«

»Gar nichts will ich sagen.«

»Ester versteht mich einfach nicht. Selbst wenn wir zusammen sind, habe ich nicht das Gefühl, dass sie mir nahe ist. Mit ihr werde ich nie glücklich sein.«

»Ach, glücklich sein, was ist das schon. Das ist eine Gabe, entweder man hat sie oder man hat sie nicht. Mit anderen hat das nichts zu tun. Du hast ein gutes Herz. Ein besseres als meine anderen Kinder. Nicht einmal dem Krieg ist es gelungen, einen grausamen Menschen aus dir zu machen, aber jetzt willst du diese arme Frau umbringen.«

»Ganz schön starke Worte!«

»Tja, aber sie stimmen. Wenn du Ester nach all den Jahren in diesem Nest sitzen lässt, ist für sie das Leben gelaufen. Kein anderer wird sie dann noch nehmen.«

»Doch, jemand, der sie liebt.«

»Ach, die Liebe. Man nimmt den Mund so voll mit diesem Wort. Hast du der Neuen erzählt, dass deine Verlobte den ganzen Krieg auf dich gewartet hat und es noch immer tut?«

»Sie weiß alles über mich. Sie ist die Einzige, die mir Fragen stellt. Die es interessiert, wie's mir geht. Niemand sonst fragt mich je, wie's mir geht. Wenn du mir erlauben würdest, sie mit hierherzubringen ...«

»Dann kannst du dir gleich wünschen, dass ich sterbe, denn solange ich lebe, bringst du sie mir nicht in dieses Haus.«

Raffaele trank seinen Caffè Latte aus. Er war sich mit der Hand durch die wenigen ihm verbliebenen Haare gefahren, die jetzt sogar ein wenig zerzaust aussahen. Nach längerem Schweigen stand er auf und ging seine Jacke holen.

»Wohin willst du?«

»Zu Ester.«

»Was wirst du ihr sagen?«

»Sie soll alles Nötige für die Hochzeit vorbereiten.«

Nachdem er mehrmals vergeblich versucht hatte, mit der Hand das Ärmelloch zu treffen, trat die Mutter zu ihm und half ihm in die Jacke.

»Die andere darfst du ab jetzt aber nicht mehr treffen.«

»Das werde ich auch nicht, doch tief drinnen werde ich nicht aufhören, mich nach ihr zu sehnen. Ohne sie werde ich nie glücklich sein.«

»Ach, sag doch nicht solche Sachen. Natürlich wirst du glücklich sein.«

Bevor er hinausging, ließ sich Raffaele nochmals auf einen der Stühle sinken, die an den Wänden der Diele aufgereiht waren. Die Mutter, die wieder in die Küche zurückgekehrt war, hörte ihn noch lange weinen.

5

Weil er ein schwaches Herz hatte, konnte Felice keine schweren Arbeiten übernehmen. Und für die leichten Verrichtungen, zu denen er in der Lage war, schämte er sich.

Aber er schämte sich auch, sich an den gedeckten Tisch zu setzen und seinen Schwagern auf der Tasche zu liegen und den Schwestern, die bis spätnachts nähten, um rechtzeitig die Schneiderarbeiten für ihre Kunden fertigzubekommen.

Wenn ihm danach war, abends auszugehen, zog er sich um, trug Parfüm auf und trällerte hin und wieder sogar ein Lied. Aber wenn ihm dann einfiel, dass er seine Schwestern um Geld bitten musste, zog er die Jacke wieder aus und tauschte sie gegen die alten, zerschlissenen Sachen aus, die er zu Hause trug, und wartete, bis es an der Zeit war, seine beiden verheirateten Schwestern nach Hause zu begleiten.

Er verdingte sich mit Botengängen, brachte zum Beispiel die von seinen Schwestern genähten Kleidungsstücke zu den Kunden, aber da er kein kleiner Junge mehr war, kam er sich lächerlich vor.

»Irgendwann gehe ich in die Sowjetunion«, sagte er in diesem schleppenden, murmelnden Tonfall, den er sich angewöhnt hatte. »Dort gibt es für alle Arbeit. Eines Tages hau ich ab und komm nie wieder.«

Aber er kehrte zurück. Oder besser gesagt, blieb ohnehin

fast die meiste Zeit zu Hause und traf sich nur noch selten mit seinen Kameraden vom PCI, der Kommunistischen Partei Italiens.

Wenn die Mutter Ester wieder einmal wegen ihres Verlobten anging und seine Schwester ihn hilfesuchend ansah, zuckte Felice mittlerweile nur noch die Achseln, statt sie in Schutz zu nehmen. Nachts konnte er nicht mehr schlafen, und man hörte ihn in seinem Zimmer auf- und abgehen. Bis er, bei jedem Wetter, irgendwann in den Hof hinaustrat.

In jenem Jahr ging er am 9. Mai, dem Tag, an dem die Russen das Kriegsende feierten, nicht in die Bar, wo es ein Telefon gab, über das Raffaele ihn wie jedes Jahr anrufen würde, um ihn zu beglückwünschen. Als Ester ihn daran erinnerte, zuckte er nur wieder die Achseln und erwiderte, die Sowjetunion sei viel zu weit weg.

Eines Morgens, an dem er einen Mantel ausliefern sollte, frühstückte er wie immer eine geröstete Brotscheibe und trank seinen Caffè Latte, den ihm die Mutter mit sauertöpfischer Miene hinstellte. Dann ließ er sich von den Schwestern die Adresse des Kunden geben und überquerte mit dem Päckchen unter dem Arm den Hof. Ob absichtlich so laut, dass er es hören musste, oder nur zu sich selbst, jedenfalls brummte die Mutter auf Sardisch: »*Custu no esti omini*« – »das ist doch kein richtiges Mannsbild«.

Weder lieferte Felice den Mantel beim Kunden ab, noch kam er nach Hause zurück.

Man fand ihn auf einem Feld in der Nähe, wo er in einem Brunnen ertrunken war. Aus dem Schmutz unter den Fingernägeln und den zerkratzten Händen schlossen sie, dass er, nachdem er sich hineingestürzt hatte, wieder versuchte, sich an den Mauervorsprüngen des Brunnens festklammernd, hinauszuklettern. Also musste er sein Unterfangen bereut haben und hatte nicht wirklich sterben wollen, aber leider war es für eine Umkehr zu spät gewesen.

6

An ihrem Hochzeitstag hatte Ester weder Kopfschmerzen, noch fürchtete sie, in Ohnmacht zu fallen, ja selbst der gewohnte Hautausschlag war weg. Sie war rundum zufrieden.

Den Gästen, die auf den Bänken längs des Laubengangs saßen, servierte sie hausgemachte Süßigkeiten und alle möglichen Liköre. Ihr Brautkleid war grau mit zwei großen schwarzen, samtüberzogenen Knöpfen, zum Zeichen der Trauer um Felice und um Raffaeles Mutter, die nicht mehr ihre Schwiegermutter geworden war. Aber obwohl sie das Grau und Schwarz der Halbtrauer trug, fühlte sie sich wohl und sah elegant aus.

Bei den Haaren hatte sie allerdings noch im allerletzten Augenblick Hand anlegen müssen, um zu retten, was noch zu retten war. Denn tags zuvor war sie zu einem richtigen Friseur in Cagliari gegangen, der ihr eine Dauerwelle gemacht hatte, und war, zufrieden über ihre Verwandlung in eine moderne junge Frau, mit kurzen, lockigen Haaren nach Hause gekommen.

Eine der Schwestern öffnete ihr die Tür. Ihr Gesichtsausdruck wollte die angehende Braut noch warnen, aber kaum hatte diese den Fuß über die Schwelle gesetzt, als ihre Mutter, die sich nach wie vor weder mit den neumodischen Frisuren noch mit diesem Hungerleider Raffaele abfinden wollte, ihr einen Eimer kaltes Wasser ins Gesicht schüttete.

Nach dem Fest folgte fast das ganze Dorf den frisch Vermählten zum Bahnhof. Aber als sich der Zug in Bewegung setzte, trat Ester nicht ans Fenster, um diesen Menschen, die bis zu jenem Moment ihr Leben ausgemacht hatten, zum Abschied zuzuwinken, und als das Schiff in Porto Torres auslief, sah sie nicht zu, wie ihre Insel im Meer versank, noch nahm sie die Zugvögel wahr, die in die entgegengesetzte Richtung, in ihr gelobtes Land, nach Süden flogen.

Die Schiffsreise interessierte sie nicht. Es interessierte sie einzig, wegzugehen und alles zu vergessen, die Lebenden, die Toten, das Dorf, ihr Elternhaus. Den schlimmsten Teil ihres Lebens hatte sie hinter sich. Auf dem Festland würde Raffaele wieder der Junge von vor dem Krieg sein. Ihr Kopfweh und die Schlaflosigkeit würden verschwinden. Endlich würde sie in einem gesunden, lichten Haus leben, mit einem Fenster in jedem Zimmer, und im Winter zur Toilette gehen können, ohne sich den Mantel überziehen und den Hof überqueren zu müssen. In derlei Gedanken vertieft, schenkte sie ihrem Mann, als er in ihre Kabine herunterkam, ein dankbares Lächeln, das in ihrem Gesicht ungewohnt wirkte.

Kaum begann der Morgen heraufzudämmern, war Raffaele auf dem Deck. Er sah das Festland aus dem Wasser auftauchen, zuerst nicht mehr als ein Streifen Erde, weit entfernt im rosa Nebel, dann Genua. Lange hatte er gedacht, ein gelobtes Land sei ein Ort, wo man zu einem ganz anderen Menschen wird. Jedenfalls war es so gewesen, als sie, seine neue Liebe, sein neues Leben, auf der Bank gesessen und auf ihn gewartet hatte.

Aber als er jetzt mit Ester, seiner Frau, ankam, erschien ihm seine Vorstellung von einem gelobten Land mit einem Mal zweifelhaft. Mit ihr auf dem Festland einzutreffen bedeutete, alles, was ihn ausmachte, mit sich zu schleppen, das Dorf und die Armut. Und das, was fehlte, würde nun ein für alle Mal in seinem Leben fehlen.

Genua jedoch war wunderschön. Windig, hoch aufragend, lang gestreckt, schmal, mit einem weichen Bleistift gezeichnet. Für den Rest seines Lebens würde die Stadt Sinnbild seiner Reue, aber auch seiner Sehnsucht sein. So sah also ein erträumtes Land aus, dachte er.

Ester war von Anfang an in Genua tief unglücklich. Die dunkle Sackgasse, in der sie wohnen würden, erschien ihr wie ein unheilvoller Knotenpunkt von engen, verschlungenen und verrufenen Gassen. Ein Haus, in dem lauter Abgehängte wohnten, und man musste zig Stufen hinaufsteigen, nur um auf einem dunklen Flur anzukommen, wo die bösen Nachbarn auf sie warteten, mit denen sie die Wohnung würde teilen müssen.

Raffaele öffnete die Fenster, damit sie die Meeresluft riechen und das Tuten der Schiffe hören konnte. Er wollte, dass sie auf den engen Innenhof mit den Dächern hinausblickte, die für ihn schieferfarbig, für sie hingegen grau waren. Wenn sie nach oben sah, war ein winziges Quadrat des türkisen Himmels zu erkennen. Wenn sie hinabsah, wurde ihr schwindelig.

Ihr Mann, der ihr alles voller Stolz zeigte, sah nichts von dem, was sie sah. Für ein Bett, eine Kommode, einen Schrank, zwei Nachtkästchen und zwei zierliche Sessel hatte er seine ganzen Ersparnisse der letzten zehn Jahre seit Kriegsende ausgegeben. Jetzt besaß er keine einzige Lira mehr.

»Wir haben gerade mal ein Bett, in dem wir schlafen können. Und mit was sollen wir essen? Wie hast du bisher immer gegessen?«, fragte Ester den Tränen nahe.

»Morgen kaufen wir uns Teller.«

»Von meinem Verdienst mit den Näharbeiten ist so gut wie nichts übrig geblieben. Ich habe fast alles für die Hochzeit, neue Anziehsachen und die Reise ausgegeben.«

»Ach, wir kaufen einfach nur zwei Stück von allem. Zwei Teller, zwei Gläser, zweimal Besteck.«

»Aber wo bringen wir die Sachen unter? Wir haben ja nicht mal eine Anrichte!«

Sie ließ sich aufs Ehebett fallen und fragte sich, wie in aller Welt sie an einem solchen Ort hatte landen können.

Am selben Tag wie Ester hatte auch Dolores, jetzt Donna Dolores, die einzige Tochter der Sisternes, geheiratet. Nachdem die Eltern gestorben waren, war sie allein in dem großen Haus zurückgeblieben. Aber ihre Hochzeit fand in Cagliari statt, sodass man im Dorf nichts über die Trauung, die anschließende Feier, die geladenen Gäste und die Hochzeitsreise erfuhr. Esters Schwestern schrieben ihr, dass Donna Dolores nicht nur mit ihrem frischgebackenen Ehemann, sondern auch mit zwei neuen Hausangestellten ins Dorf zurückgekommen sei. Auch sie wirkten vornehm und städtisch, seien äußerst zurückhaltend und beschränkten sich darauf, die Dorfbewohner zu grüßen, darauf bedacht, auch ja kein Wort zu viel zu sagen.

7

Das Müheloseste in Esters Leben war die Ankunft ihrer Tochter auf dieser Welt.

Sie, die sonst immerzu Beschwerden hatte, brachte das Kind in kurzer Zeit zur Welt. Felicita erblickte voller Begeisterung das Licht der Welt, und augenblicklich war klar, dass dieser Name, der nichts anderes als *Glück* bedeutet, außerordentlich gut zu ihr passte. Ein Klaps der Hebamme auf den Po, ein kurzer erster Schrei, und sofort kehrte sie in die Welt der Träume zurück. Ester hatte so viel Milch für sie wie eine vor Gesundheit strotzende Amme. Ihre Haut fühlte sich geradezu samtig an. Sie war von ihrer Schlaflosigkeit geheilt. Die Kleine trank, schlief und wuchs gesund heran.

Bald fing Felicita zu plappern an, und ihre Mutter war froh über ihre Gesellschaft. Nie wurde das Kind krank oder war ungezogen. Wenn Ester mal ihre Ruhe haben wollte, brauchte sie nur eine Decke auf den Boden zu legen und dazu ein Spielzeug oder auch nur ein paar Zeitungsseiten, und dieses gesegnete Kind beschäftigte sich stundenlang mit diesen wenigen Sachen.

Seit es Felicita gab, war Esters Leben glücklicher, und bisweilen hatte sie das Gefühl, dort angekommen zu sein, wo sie schon immer hinwollte. Manchmal.

8

Als er und Ester geheiratet hatten, verdiente Raffaele noch so wenig, dass an eine eigene Wohnung nicht zu denken war.

Um Felicita machte er sich keine Sorgen, schien seine Tochter doch froh, auf die Welt gekommen zu sein.

Ester hingegen bereitete ihm Kopfzerbrechen. Jede Kleinigkeit brachte sie zur Verzweiflung. So behauptete sie, die Nachbarin würde ihr Basilikum mit warmem Wasser gießen, absichtlich ihre Teller zerbrechen und habe Felicitas *Tausendundeine Nacht*, das so hübsch bebildert war, gestohlen, um es ihren Kindern zu geben. Ihr Mann wies sie darauf hin, dass der Nachbarin auch die eigenen Teller zu Bruch gingen und sie einfach nur zerstreut sei. Das Basilikum sei für alle da, daher habe niemand ein Interesse daran, es zu verderben. Dieses Kinderbuch schleppe Felicita ständig mit sich herum, also könne sie es auch einfach irgendwo vergessen haben, ohne dass er oder Ester es bemerkt hatten. Aber keine noch so vernünftige Erklärung vermochte seine Frau zu besänftigen.

Wie auch immer, sie konnten sich nun mal keine eigene Wohnung leisten, zumal eines Tages das Schlimmste passierte: Ansaldo, die Firma, wo er arbeitete, baute Personal ab, und Raffaele verlor seine Stelle.

Er musste sich schleunigst nach einer neuen Arbeit umsehen und fand schließlich eine in Mailand, dieser grauen, nebligen, windstillen Stadt. Als sie von Genua wegzogen, blickte Raffaele sich nicht einmal um.

Aber wenn er in ihrem ersten Winter in Mailand morgens in die Kälte und den Nebel hinaustrat, um in die Fabrik zu gehen, und mit der Hand seine Mütze festhielt, als könnte der nicht vorhandene Wind sie ihm davontragen, ertappte er sich hin und wieder dabei, dass er mit dem Blick am Horizont das Meer und vorbeifahrende Schiffe suchte.

Und nicht einmal an seine große Liebe aus Genua dachte er mehr. Seine Mutter, die ihn gut kannte, hatte recht gehabt.

9

Die Wohnung in Mailand war zwar klein, aber sie hatten sie für sich allein. Zwei immer tadellos saubere Zimmer gingen auf einen Flur hinaus, an dessen Ende ein schwarzes Bakelittelefon stand. Dort fanden, zur jeweils im Vormonat verabredeten Uhrzeit, die Telefonate mit den Verwandten in Sardinien statt, die sich dazu in der Bar versammelten. Jeder von ihnen wollte die drei auf dem Festland grüßen und umgekehrt: »Jetzt will Raffaele euch Hallo sagen.« Und das tat er dann der Reihe nach. »Jetzt will die Kleine kurz mit euch sprechen.« »Ich gebe euch wieder Ester.«

Doch nach jedem Telefonat brach Ester regelmäßig in Tränen aus, lief ins Schlafzimmer und warf sich aufs Bett. Dort blieb sie eine geraume Weile liegen, um an die Decke zu starren und von ihrer Heimat zu träumen.

Auf der einen Seite des Flurs lag das besagte Schlafzimmer mit der Einrichtung, die Raffaele die Ersparnisse von mehr als zehn Jahren gekostet hatte. Die Möbel waren aus hellem Kastanienholz mit goldener Maserung. Die Farben erinnerten an jene von Blättern an manchen Sonnentagen im Herbst. Einen Frisiertisch gab es nicht, dafür aber ein Möbelstück, das sie zuvor nicht gekannt hatte, eine kleine Kommode mit einem Klappsekretär darauf, der ein Sortiment winziger Schubladen enthielt.

Gegen dieses Schlafzimmer hegte Ester vom ersten Moment an eine Abneigung, und schuld daran war Raffaele, der sein ganzes Geld für diese Möbel ausgegeben hatte, wo sie weder Geschirr noch eine Anrichte besaßen, um es darin zu verstauen.

Aber jetzt hatten sie eine richtige Küche. Sie war lang und schmal mit einem Unterschrank und raumsparenden Hängeschränken. So war Platz für einen Tisch, einen Herd, Kühlschrank und Spüle. Aber um das Geschirr aus den Hängeschränken zu holen, musste man sich ganz schön verrenken, und natürlich wäre eine große, quadratische Küche besser gewesen, mit Bodenschränken, aus denen man in null Komma nichts die Sachen rausholen konnte, die man gerade brauchte.

Auf derselben Seite des Flurs lag neben der Küche ein kleines Esszimmer mit einem ovalen Tisch mit Glasplatte, vier Stühlen und einer Anrichte, die aber keine war, sondern Felicitas Bett verbarg.

Erst viel später wurde ein Teil des Esszimmers in ein Wohnzimmer umgewandelt. Die Einrichtung bestand aus zwei leichten Sesseln mit Eisenfüßen; sie waren neu mit einem roten Bouclé, den alle nur »Teddystoff« nannten, überzogen worden. Zwischen den Sesseln stand ein kleiner Tisch mit schmiedeeisernem Fuß, eigentlich ein Zeitungsständer, und einer Teakplatte. Darauf befand sich ein Kristallaschenbecher, der jedoch zu schön war, um die Asche darin abzuschlagen. Und auch die beiden Sessel waren zu schön, weswegen Ester einen herrlichen Blumendamast darübergeworfen hatte, damit die Bouclékringel nicht schmutzig oder zu sehr geplättet wurden. Aber auch die Sesselschoner waren im Grunde zu schön, daher kamen über den Damast, unter dem sich der Teddystoff verbarg, zu guter Letzt noch zwei alte löchrige

Laken. Da der Aschenbecher für Raffaele, der am liebsten Nazionali ohne Filter rauchte, unverzichtbar war, wurde er durch einen angeschlagenen Obstteller ersetzt.

Nur bei Gästen hätte sich die Schönheit der Möbel entfalten dürfen.

Aber es kamen immer nur arme sardische Migranten, die in Mailand Arbeit suchten, zu Besuch. Für sie wurden Matratzen und Decken auf den Boden gelegt, und Ester bedeckte die Teddystoffsessel mit weiteren Tüchern, damit sie nicht den Geruch des Pecorinos annahmen, den diese armen Sarden mitbrachten, um sich für die Gastfreundschaft zu revanchieren, bis sie eine Stelle gefunden hatten.

Irgendwann gesellte sich noch ein Fernseher zur Einrichtung, sodass das Wohnzimmer öfter benutzt wurde, allerdings gut gegen Abnutzung geschützt und immer nur zu speziellen Gelegenheiten – in Felicitas Fall nur zu den Sendezeiten der einschlägigen Kindersendungen wie *TV dei ragazzi, Carosello* und samstags *Canzonissima*, und was die Eltern betraf, nur zu den Abendnachrichten.

Ausnahmsweise durfte man das Wohnzimmer auch betreten, um Schallplatten zu hören. Sobald Raffaele ein bisschen mehr verdiente, kaufte er einen Plattenspieler, und auch gegen diesen Plattenspieler hegte Ester eine Abneigung, zum einen weil es viele andere Dinge gab, die sie dringender benötigt hätten, und zum anderen weil ihr Mann wegen seiner fixen Idee, auf diesen Platten seinen schwarzen amerikanischen Freund wiederzufinden, nur Jazz hörte.

War er vielleicht Lonnie Hillyer? Oder Jon Faddis? Aber waren die überhaupt im Krieg gewesen? Vielleicht war sein Freund von Haus aus ja gar nicht Trompeter, sondern hatte die Trompete nur mitgenommen, weil es unmöglich gewesen war, ein Klavier oder einen Kontrabass nach Europa mitzuschleppen. Oder aber er hatte die Trompete in einem verlassenen Haus gefunden, als die Alliierten nach ihrer Landung in der Normandie in Richtung Osten zogen. War er also womöglich Art Tatum oder Charles Mingus, oder Lloyd Reese, der jedes Instrument spielen konnte und ein Genie war? Ach, wenn es doch nur eine Jazz-Enzyklopädie gegeben hätte, er hätte sie sofort bestellt, auch auf die Gefahr hin, dass Ester wieder wütend geworden wäre.

Im Unterschied zu ihrer Mutter liebte Felicita den Plattenspieler. Ihr Vater hatte ihr eine Vinylplatte mit fünfundvierzig Umdrehungen pro Minute gekauft, jede Umdrehung die reinste Magie, mit kleinen Figuren und einem Kreisel mit lauter kleinen Spiegeln ähnlich einem Ufo, und wenn sich die Platte drehte, sah man die Figuren tanzen.

Da sie für ihr Leben gern Nudeln mit Pesto di Genova und Kalbskotelett alla milanese aß, war sie ziemlich mollig, um nicht zu sagen dick. Aber wenn sie gebannt diesen tanzenden Figuren zusah, vergaß sie sogar das Essen, zur großen Erleichterung ihrer Mama, der ein schlankes und anmutiges Töchterchen lieber gewesen wäre.

10

In der Grundschule fanden die Lehrerin und Klassenkameradinnen von Felicita, man merke kein bisschen, dass sie aus einer sardischen Familie stamme. Sie hatte keinen Stall voll Geschwister und war immer so herausgeputzt in der Schule wie andere Kinder nur an Festtagen. Ihr Schulkittel war makellos weiß, die rosa Schleife gestärkt, die guten Lederschuhe stets auf Hochglanz poliert, und ihr Hut war vom selben roten Samt wie die Knöpfe ihres Mantels. Das rot lackierte Behältnis für das Pausenbrot enthielt Esters Meisterwerke: eine Brotdose, die sie mit selbst genähten bunten Früchten dekoriert hatte, und ein kleines Handtuch, auf das der Name »Felicita« gestickt war.

Aber auch Felicitas Mutter sah nicht wie eine Sardin aus. Ester war zierlich und trug elegante Kleider statt langer Röcke, sie hatte keinen Oberlippenbart und war blond.

Die Klassenkameraden fragten Felicita, ob sie bei ihnen zu Hause auf dem Balkon Hühner hielten oder ein Lämmchen und ob ihre so weich aussehenden Pullover in Wirklichkeit aus grober sardischer Orbace-Wolle gestrickt seien. Als sie verneinte, fragten sie, ob sie vielleicht mit Aga Khan verwandt seien und eine Villa an der Costa Smeralda besäßen. Als das Mädchen erwiderte, sie hätten weder Hühner noch Lämmchen auf dem Balkon und ebenso wenig irgendwelche

Villen an der Costa Smeralda, waren sie einigermaßen ratlos, da sie sich einfach nicht vorstellen konnten, dass auf Sardinien ganz normale Menschen lebten.

Vater und Tochter fanden diese Vorurteile über die Sarden ulkig. Ester dagegen fing an, Mailand zu verabscheuen.

Einmal ging Felicita zu einer Freundin, um Hausaufgaben zu machen. Dieses Mädchen kam samstags nie in die Schule, weil sie die Wochenenden in der Familienvilla auf dem Land verbrachte, und im Februar fuhren sie Ski in Cortina. Sie nahm Ballettunterricht, und in den Pausen zwischen ihren Hausaufgaben führte sie Felicita Spitzentanz vor.

Sie wohnte in einem vornehmen Haus im Zentrum von Mailand. Es gab einen Innenhof mit einem Springbrunnen, einen Aufzug, der aussah wie ein vergoldeter Käfig, und einen Pförtner in Livree. Die Wohnung selbst war riesig, und die vielen Zimmer gingen von einem nicht enden wollenden Flur ab, dessen Wände voller Gemälde waren. Sogar ein Spielzimmer war vorhanden, in dem man weder schlief noch Hausaufgaben machte, sondern das tatsächlich ausschließlich zum Spielen da war. Ein rosa angezogenes Zimmermädchen mit Servierhäubchen servierte den Mädchen auf einem silbernen Tablett heiße Schokolade mit Sahne.

Aber das Unglaublichste war der Vater der Freundin. Er hatte modisch lange Haare wie ein Gitarrist, trug einen viel zu großen Pullover und Flanellhosen und hatte schöne, überaus gepflegte Hände. Er rauchte Pfeife und hatte ein dickes Buch unter den Arm geklemmt. Zum allerersten Mal in ihrem Leben fand Felicita den Vater eines anderen Kindes interessanter als ihren eigenen, der gewöhnliche Nazionali ohne Filter rauchte und unter der Woche einen Arbeitsoverall trug und an Sonn- und Feiertagen eine Jacke und eine abgetragene Hose.

Die Freundin erzählte ihr, dass ihre Eltern Kommunisten seien und ihre Mutter und ihr Vater froh und stolz, dass sie mit dem Kind einer armen Familie aus dem Süden befreundet sei.

Felicita nahm sich vor, eines Tages ebenfalls Kommunistin zu werden. Kommunisten waren die faszinierendsten Menschen, die sie je kennengelernt hatte.

Sie besuchte diese Freundin noch ein einziges weiteres Mal, zu ihrer Geburtstagsfeier. Ein Zauberer mit Zauberstab ließ verschiedene Sachen verschwinden und wiederauftauchen, und Jugendliche, die als Donald Duck, Micky Maus und Fee mit den blauen Haaren verkleidet waren, dirigierten Lieder und führten beim Ringelreihen an; die kleinen Gäste hatten nicht nur viel Spaß, sondern gingen obendrein mit einem Geschenk nach Hause.

Auch die anderen Schulkameradinnen feierten ihren Geburtstag recht groß, wenngleich nicht auf diese märchenhafte Weise wie ihre Freundin. Im Norden hielt man das offenbar so.

Deshalb fühlte sich Ester bemüßigt, die Einladungen zu erwidern. Sollten die anderen doch erfahren, dass Felicita nicht in einem richtigen Bett schlief und dass die Anrichte im kleinen Esszimmer keine wirkliche Anrichte war. Dann musste sie eben die Sessel mit den Teddybezügen für das Geburtstagsfest aufdecken, und all die Kinder würden darauf herumspringen und Krümel darauf verstreuen und Limonade verschütten.

11

Als an Felicitas Geburtstag die Gäste alle zur vereinbarten Uhrzeit eintrafen, waren die beiden Zimmer ihrer Wohnung festlich erleuchtet und dufteten nach Möbel- und Bohnerwachs.

Bald herrschte dort ein dichtes Gedränge, und es wimmelte vor Päckchen, Schleifen, Shorts, Kniestrümpfen, Fliegen, Haarreifen, Zöpfen, Samtröcken, Glencheck-Anzügen, Lackhandtäschchen.

Als die Lichter ausgemacht wurden und nur noch die sechs Kerzen auf der Geburtstagstorte brannten, sangen die Kinder: »*Tanti augurii aa tee! Tanti augurii aaa tee*!« – »Herzlichen Glückwunsch zum Geburtstag!« Dann ein großer Applaus.

In diesem Moment wünschte sich Felicita ganz plötzlich, nicht zu existieren, nie geboren worden zu sein, und empfand eine brennende Sehnsucht nach einem anderen Land, von dem sie nichts wusste, aber wohin sie dennoch gern geflohen wäre. Fliehen. Jetzt oder nie. Und sie huschte ins Schlafzimmer ihrer Eltern, wo sie sich unter dem großen Ehebett versteckte.

Dann sah sie, wie sämtliche Gäste ans Bett traten.

»Ist da jemand?«

Sie lüpften den Saum der Tagesdecke, als wäre es ein Theatervorhang, und sagten, sie solle unter dem Bett hervorkommen. Sie wollten doch feiern. Es sei doch schön, gefeiert zu werden, oder nicht?

»Nein, ich komme nie mehr heraus«, erwiderte sie.

»Aber warum denn?« Auch ihre Mama hob den Theatervorhang hoch und sah sie voller Sorge und Enttäuschung an.

Während sie unter dem Bett lag, hörte sie das Gemurmel der anderen Kinder und deren Eltern. Jemand hob einen Zipfel der Tagesdecke hoch und machte: Huhhh! Huhhh!, und unterdrückte ein Lachen.

»Ist sie schüchtern, schämt sie sich?«

»Nein. Sie ist nicht schüchtern und schämt sich vor niemandem, im Gegenteil. Neulich ist sie sogar auf ihr Schulpult geklettert und hat vor allen getanzt«, worauf die Leute erneut näher traten und unters Bett lugten.

Dann sah sie die Lackschuhe ihrer Mutter auf sich zukommen. Ester, die noch niemals die Hand gegen sie erhoben hatte, versuchte, sie mit einem Besen unter dem Bett hervorzubugsieren, aber Felicita wehrte die Angriffe geschickt ab.

»Du kommst jetzt sofort raus!«

»Nein, ich bleibe hier!«

Als Felicita sah, dass sämtliche Schuhpaare das Zimmer verließen – die mit den hohen Absätzen, die mit den Schleifen, die mit Schnürsenkeln, die Ballerinas und sogar ein Paar orthopädische Schuhe, wurde ihr klar, dass sie sich nicht weiter um sie kümmern und im Esszimmer eben ohne sie feiern würden.

Dann hörte sie ihre Mutter mit lauter, weinerlicher Stimme verkünden, dass alle ihre Geschenke bitte wieder mitnehmen sollten. Und trotzdem schwor sich Felicita: »Ich werde nie mehr von hier unten hervorkommen.«

Aber sie hatte Hunger und musste Pipi machen, es war Winter, der Boden war eiskalt, sie hatte kein Kissen, und ohne ihr Kissen konnte sie nicht einschlafen.

Als es irgendwann still und dunkel wurde, hörte sie ihren Vater von der Arbeit nach Hause kommen. Die Mutter erzählte ihm alles, aber er kam nicht zu ihr. Das war noch nie zuvor passiert. Nun, dachte sie, ich habe es nicht anders verdient. Hatte der Vater ihrer Freundin, der Pfeife rauchte, ein großes Buch unter dem Arm trug und lange Haare hatte wie diese Rockgitarristen, ihr nicht besser gefallen als ihr eigener?

Sie schwor, sich nie wieder einen anderen Vater oder eine andere Heimat oder ein anderes Leben zu wünschen.

Und kroch unter dem Bett hervor und trat in die Küchentür. Ester und Raffaele saßen am Tisch, und sie sah, dass ihre Mutter rot geweinte Augen hatte.

»Wem bloß dieses Kind gehört, das sich so unmöglich benommen hat?«

»Euch! Euch! Ich bin euer Kind!«

Zum Glück hielten ihre Eltern, ihr Vater wegen seiner Erlebnisse in einem Konzentrationslager der Nazis und ihre Mutter wegen der Prügel, die sie von ihrer Mutter bezogen hatte, nichts von harter Bestrafung.

Ester ging zum Kühlschrank und holte ein Stück der Geburtstagstorte heraus, die sie vor den Gästen in Sicherheit gebracht hatte. Die Torte war von der Sorte, die Felicita am liebsten mochte, abwechselnd Schichten von Vanille- und Schokoladencreme und mit kunstvollen Sahneschnörkeln verziert. Das Stück war großzügig bemessen, und Felicita verschlang es genüsslich.

Dann klappte ihre Mutter aus der falschen Anrichte im Esszimmer das Bett hervor, auf dem Felicita schlief, und hielt ihr den auf dem Heizkörper gewärmten Pyjama hin. Im Zimmer roch es noch immer nach Möbelwachs und dem Weichspüler von den Gardinen und ein bisschen auch nach Torte, Schaumbad mit Karamellaroma und verschiedenen Damenparfüms.

Da wurde ihr klar, wie glücklich sie sich schätzen konnte, dass sie auf einer Matratze und einem weichen Kissen schlafen durfte. Ihr Wunsch, in dieses geheimnisvolle Land zu fliehen, das in ihrer Vorstellung perfekt war, obwohl sie rein gar nichts davon wusste, war Verrat gewesen, und sie durfte nie mehr solche Gedanken hegen.

12

Auf ihrer ersten Reise nach Sardinien war Felicita bereits in der Morgendämmerung an Deck. Sie sah die letzten Zugvögel in entgegengesetzter Richtung nach Norden fliegen und die Insel aus dem Wasser auftauchen, ein schmaler Streifen Erde im rosafarbenen Dunst.

Am hintersten Gleisabschnitt wartete der Turritano, der Expresszug, der jeden Tag seine Reise in Porto Torres begann und wieder beendete, auf seine Passagiere.

Als sie am Bahnhof des Dorfs ankamen, schloss eine kleine Schar weinender und lachender Menschen Ester, Raffaele und ihre kleine Tochter in die Arme. Für Felicita, ein Einzelkind, war die Entdeckung, dass sie auf Sardinien eine zahlreiche, fröhliche Familie hatte, äußerst bewegend.

Das Haus, in dem ihre Mutter geboren und aufgewachsen war und in dem noch immer ihre Großmutter wohnte, bei der sie die Ferien verbringen würden, war um einen Innenhof herum gebaut. Dort standen eine Palme und eine Reihe von Topfblumen in großen Einmachgläsern für Oliven. Die Zimmer mit ihren roten Cotto-Böden waren nur spärlich erhellt, weil sie auf den Laubengang hinausgingen. Im Innenhof gab es mittlerweile einen Brunnen, und am Tag ihrer Ankunft quietschte unaufhörlich der Flaschenzug, weil man Eimer für Eimer kaltes Wasser hochzog, um Brause zuzubereiten.

Die Großmutter trug das Haar in einem Dutt, Männerschuhe mit Schnürsenkeln, einen langen schwarzen Rock als Zeichen der Trauer um ihren Mann und ihren Sohn Felice. Auf dem Kopf hatte sie ein mit einer Hutnadel befestigtes schwarzes Wolltuch. Das Gesicht, der einzige nicht bedeckte Körperteil, war von einem Netz winziger Falten überzogen, besonders dicht dort, wo der Missmut nistete – auf der Stirn und an den Mundwinkeln. Felicita kam es vor, als zeigte alles an dieser Frau, die großen schwarzen Augen, der Mund, die Wangen und die Nase, nach unten.

Sie war nicht hässlich, aber ihre Miene war sehr verdrießlich.

Morgens weckte sie die Enkelin vom Festland beim ersten Krähen des Hahns und trug ihr alle möglichen Hausarbeiten auf. Bevor sich das Mädchen waschen ging, ermahnte sie es, kein Wasser zu vergeuden, an dem es auf Sardinien mangelte; ein kleines Glas fürs Zähneputzen, eine kleine Schüssel voll fürs Gesicht und dann fürs Bidet, oder umgekehrt, und dann für die restlichen Körperteile bis runter zu den Füßen. Und das übrig gebliebene Wasser war für den Toilettengang aufzuheben.

Sie musterte Felicita argwöhnisch und klagte über ihre Faulheit. Diese ihr fremde Enkelin, die zu Beginn Schrubber, Eimer und Putzlappen freudig zur Hand genommen hatte, erledigte die ihr aufgetragenen Arbeiten bald mit nervenaufreibender Langsamkeit. Mit dem Schrubber in der Hand blieb sie im Esszimmer verträumt vor den Tassen und zierlichen Gläsern in der Vitrine stehen, oder im Toreingang, wenn der fahrende Händler mit seinem Karren vorbeifuhr und durch das Megafon die Früchte und Gemüsesorten anpries, die er im Angebot hatte. Unentwegt machte die Großmutter ihr Vorhaltungen und stellte murrend Vergleiche zwischen ihr und den sardischen Nachbarskindern an. Es war schon schwer, in dieser hartherzigen Frau in Schwarz ihre Großmutter zu sehen.

Andererseits entsprach Felicita auch nicht den Erwartungen der Großmutter. Sie war überzeugt gewesen, dass die auf dem Festland aufgewachsenen Kinder aufgeweckter seien und nicht so verträumt wie ihre Enkelin. Aber wenn sich das Mädchen neben ihr auf der Steinbank im Laubengang niederließ, um eine Handvoll von den Melonenkernen zu knabbern, die dort zum Trocknen in der Sonne ausgelegt waren, mochte sie es doch ein wenig. Auch wenn die Enkelin ihr fremd war und diesen Namen trug, mit dem Ester sie hatte bestrafen wollen – er sollte sie an ihren Sohn Felice erinnern, der sich das Leben genommen hatte.

Wenn die Hitze in jenem Dorf fernab vom Meer unerträglich wurde, bedeckte Felicita ihre Großmutter mit einem Schal, pustete ihr den Atem ins Gesicht, als wäre es ein kalter Wind, und meinte, sie solle sich vorstellen, sie seien am Nordpol und von Wölfen und Bären umgeben. Uuuuuh! Uuuuuh!, machte sie und blies ihr ins Gesicht und entlockte ihr so den Anflug eines Lächelns, das sie jedoch hinter der Hand versteckte.

»Ist das Meer eigentlich weit weg, Großmutter?«

»Sehr weit.«

»Bist du manchmal hingefahren, als du noch jung warst?«

»Nein, das Meer habe ich noch nie gesehen.«

»Die Leute auf dem Festland sagen, nirgendwo auf der Welt ist das Meer schöner als auf Sardinien. Stell dir eine riesige Wasserfläche von der Farbe des Himmels vor. Starker Wind hebt das Wasser an manchen Stellen hoch, das nennt man

Wellen, und darauf ist weißer Schaum. Das Land, das ans Meer grenzt, ist aus Sand, der aussieht wie Mehl, weil er so weiß und weich ist, und an manchen Orten, vor allem hier auf Sardinien, bilden sich Berge davon, Berge aus Mehl. Wenn niemand mit uns hinfährt, könnten wir beide doch allein gehen. Wir können doch den Bus nehmen!«

Die Großmutter verbarg abermals ein Schmunzeln hinter der Hand, und das Mädchen, davon ermuntert, rannte ins Haus und holte die gesammelten Zeitungsauschnitte mit Abbildungen vom sardischen Meer aus ihrem Koffer und legte sie der Großmutter in den Schoß.

»Weißt du, Großmutter, wenn wir dort sind, ziehst du einfach die Strümpfe aus und hältst die Füße ins Wasser so wie hier in den Zuber, aber du musst dir einen riesigen Zuber mit blauem Wasser vorstellen, und ringsherum Berge von Mehl! Ach, nun komm schon, wir suchen uns einen Ort am Meer aus und bitten den Busfahrer, uns dorthin zu bringen!«

Die Tage gingen ins Land, und Felicita wartete darauf, dass sie endlich ans Meer fahren würden, aber von den Erwachsenen machte keiner Anstalten, ihr den Wunsch zu erfüllen.

Stattdessen war das Meer ein ewiger Zankapfel zwischen ihrem Vater und seinen Schwagern. Die waren nämlich der Meinung, es sei ein großes Glück für die Sarden, dass die Strände von Touristen in Beschlag genommen würden. Er dagegen erwiderte, fast sehne er die Zeiten zurück, in denen es auf Sardinien nichts weiter als Berge gegeben habe, wilde Schluchten, vom Wind gebeugte Eichen, Esel und Schafe und noch kein Meer. Viele aus der Generation der Eltern, die im sardischen Hinterland gewohnt hätten, seien gestorben, ohne je am Meer gewesen zu sein, doch dann sei dieser Aga Khan, der aussah wie einem orientalischen Märchen entsprungen, auf der Bildfläche erschienen und habe die Costa Smeralda erfunden … Und seitdem scheine es in diesem gesegneten Land nur noch Meer und Strände zu geben, die verscherbelt und zerstört würden.

Felicitas Mutter und ihre Tanten beteiligten sich nicht an diesen Streitgesprächen; sie hielten sich den ganzen Tag lang im Haus einer von Esters Schwestern auf und kochten Tomaten ein. Alle drei beugten sich schweigend über eine große runde Wanne, in die sie Tomaten geschüttet hatten. Mit Stöcken stampften sie diese in dem Behältnis, das eine Öffnung an der Seite hatte. Die Mutter, die schwächste der drei Schwestern, die nicht so viel Kraft hatte, kauerte neben der Wanne und sammelte das verbliebene Fruchtfleisch in einem Eimer. Dann machten sie sich unentwegt auf Sardisch schwatzend daran, die Flaschen zu sterilisieren und den Tomatensugo darin zu konservieren.

Die Cousins, lauter Jungen, fragten Felicita nie, ob sie mit ihnen spielen wolle. Und die Mutter und Tanten sprachen absichtlich Sardisch, damit sie nichts verstand. Daher langweilte sie sich, und wenn sie ihr eine Schüssel mit Grünzeug gaben, um damit die Kaninchen zu füttern, und das Futter für die Hühner und einen Korb, um damit Gemüse aus dem Garten zu holen, trödelte sie herum und verweilte bei den Tieren und versuchte, wenigstens mit ihnen Freundschaft zu schließen.

Das einzig Angenehme war das Essen. Die Milch schmeckte im Gegensatz zu der auf dem Festland nach Milch, und die auf einem Rost im offenen Kamin gerösteten Scheiben *civraxiu* waren besser als süße Plätzchen.

Wenn alle zusammen aßen, die Tanten, Onkel und Cousins,

fehlte nie eine pikante Wurst auf dem Tisch, und sie durfte sogar Zitronenbrause trinken, die ihr die Mama normalerweise verbot, weil man einen Blähbauch davon bekam.

13

Am liebsten wartete Felicita darauf, dass das große Eingangstor der Sisternes aufging und die vornehme Witwe Dolores mit Pietro Maria, ihrem Sohn, in einer Kalesche herausfuhr.

Nachdem Donna Dolores' Mann gestorben war, wollten die Dörfler ihr einen Kondolenzbesuch abstatten und der jungen Frau, die nun allein mit einem kleinen Kind dastand, ihre Hilfe anbieten. Doch an dem mächtigen Tor hing, umgeben von einem Kranz, auf dem die Blumen täglich gewechselt wurden, damit sie immer frisch waren, lange Zeit ein Schild mit der Aufschrift: »Wir bitten von Besuchen abzusehen.«

Die Sisternes hatten ein kleines Heer an Bediensteten: Der Mann, der jeden Tag mit Gartengeräten ankam, war ein anderer als der, der die Kalesche lenkte, und die junge Frau, die sich um das Kind kümmerte, war wiederum eine andere als die, die die Einkäufe erledigte, und auch nicht dieselbe wie die, die das große Tor öffnete und eine rosa Schürze und ein Häubchen trug. Außerdem wusste kein Mensch, warum all diese Bediensteten nicht aus dem Dorf stammten und sich mit niemandem anfreundeten.

Felicita verliebte sich unsterblich in den kleinen traurigen Jungen, der Halbwaise war. Als einziges Zugeständnis an die Mode trug er die Haare ziemlich lang, so wie die Beatles. Alles andere an ihm war ausnahmslos vornehm klassisch –

blaue Shorts, wie die Engländer, Hemd mit schmaler Krawatte, weiße Socken und Schuhe. Aber selbst wenn er in Lumpen gekleidet gewesen wäre, hätte dieser schmalbrüstige, blasse und einsame Junge mit den traurigen Augen eine natürliche Vornehmheit ausgestrahlt, die sie, pummelig und aufdringlich, wie sie war, in hundert Jahren nicht erlangt hätte.

Aber eine Sache hatten sie immerhin gemein, beide waren sie Einzelkinder an einem Ort, wo man ohne Geschwister eine seltene Spezies war.

Außerdem waren sie beide nicht typisch sardisch. Mit dem Unterschied, dass Felicita gar keiner Kategorie angehörte, während Donna Dolores und ihr Sohn adelig waren – Adelige, die über ein winziges Fürstentum herrschten. Im Übrigen kleidete sich Donna Dolores, die nie Trauer getragen hatte, wie Grace Kelly, die gleiche Frisur, die gleichen Kostüme und vor allem die gleichen Taschen und Schuhe, beides mit Spange und einer kleinen Schleife.

Wenn das Tor geöffnet wurde, damit die Kalesche hinausfahren konnte, spähte Felicita hinein, weil sie wissen wollte, wie ein Haus von sehr reichen Sarden aussah. Aber leider wurde das Tor sofort wieder geschlossen, und das Haus der Sisternes blieb ein geheimnisvoller Ort, den zu betreten Normalsterbliche sich aus dem Kopf schlagen konnten. Selbst nur einen Blick zu erhaschen erwies sich als schwieriges Unterfangen.

Wenn sich Mutter und Sohn in der Kalesche entfernten, blieb sie völlig verzaubert mitten auf der Straße stehen und blickte ihnen nach. Und eines wusste sie ganz genau, dieser schöne und nette Junge verkörperte auf perfekte Weise die Liebe.

14

Schon seit Jahren herrschte bei den Mahlzeiten in Mailand eine vergiftete Stimmung. Sobald sich alle drei an den Tisch gesetzt hatten, verkündete Ester, sie müssten unbedingt nach Sardinien zurückkehren, schließlich sei das ihre Heimat.

Die Wohnung in dieser Mietskaserne sei gar keine richtige Wohnung. Eine Mietskasernenwohnung könne gar keine richtige Wohnung sein. Eine richtige Wohnung hätten sie nach ein paar Jahren abbezahlen können, aber stattdessen zahlten sie Miete, die für immer verloren sei, und das einzige wirkliche Haus könne nur jenes in dem Dorf sein, in dem sie geboren und aufgewachsen sei. Dort hätten sie auch einen Garten. Ob sie, die Tochter, sich vorstellen könne, was es bedeuten würde, einen Garten zu haben, Kontakt zur Natur?

Felicita konnte sich überhaupt nicht an einen Garten erinnern, nur an ein paar dem Zementboden abgerungene Grasflecken und leere Olivengläser, aus denen ein paar Blumen sprossen. Und es sei auch nicht so, meinte sie, dass die Leute auf dem Land groß Kontakt zur Natur hätten. Die Großmutter habe zum Beispiel noch nie das Meer gesehen. Außerdem würde sie dann ja bei ihnen im Haus wohnen bleiben, und sie sei ein richtiger Drachen; sie stelle den Wecker immer auf eine ganz frühe Uhrzeit und beschwere sich ständig, dass Felicita faul und verwöhnt sei. Auch habe sie gehört, dass ihr Onkel

Felice, Esters Bruder, vor vielen Jahren nicht unabsichtlich in den Brunnen gefallen sei, sondern sich hineingestürzt habe, und schuld sei ihre Großmutter, die ihn verachtete, weil er keine Arbeit fand.

Ester wollte von ihrer Tochter wissen, von wem um Himmels willen sie denn diese Geschichte habe. Sie nahm ihre Mutter in Schutz, meinte, dass sich im Dorf immer alle damit brüsteten, alles zu wissen, aber im Grunde wisse niemand etwas. Sie würden nur immer über andere herziehen, über sie urteilen.

In Felicitas Augen waren alle Mütter auf Sardinien grausam. Sie ließen den Wecker im Morgengrauen klingeln und zwangen die Mädchen, die Böden zu schrubben, die Wäsche zu waschen, zu bügeln, zu kochen und, noch vor dem Gang zur Schule, die Betten zu machen.

Ester hob die Stimme und setzte zum Gegenangriff an. Und diese reichen Mailänder Damen, seien die etwa nicht grausam zu den Immigranten aus dem Süden, während sie zu ihren Hündchen zuckersüß seien, denen sie im Winter Mäntelchen und Mützen mit Bommeln anzogen: »Kommst du zu Mama, mein Süßer?« In Sardinien habe sie noch nie derart dumme Reiche erlebt, die sich mit ihren Tieren lächerlich machten.

Ihre Tochter widersprach. Ihr gefalle ganz und gar nicht, wie man auf Sardinien mit den Tieren umgehe, und in ihren Augen seien die reichen Sarden noch lächerlicher als die reichen Mailänder. Donna Dolores zum Beispiel fahre noch immer in einer Kalesche aus, und ihr Bediensteter, der den Kutscher geben müsse, schlage das Pferd, um es in Trab zu versetzen, nur um vor den Leuten mit diesem rhythmischen Knirschen der Räder anzugeben. Wie lächerlich sei das denn? Ebenso wie die Vornamen, die sie ihrem Sohn gegeben habe –

Pietro Maria – und dass er mit Nachnamen Sisternes heiße, genau wie seine Mutter, obwohl er ein eheliches Kind sei, nur dass sein Vater eben keinen Adelstitel gehabt habe.

Felicita habe ja keine Ahnung, wovon sie rede. Donna Dolores stamme von keinem Geringeren als dem großen Kanoniker Pietro Maria Sisternes ab, der 1793 nach Turin gesandt wurde, und zwar als kirchlicher Repräsentant der sardischen Ständeversammlung, um beim piemontesischen König Vittorio Amedeo III. für die Unabhängigkeit der Sarden einzutreten. Die weiblichen Vorfahren von Dolores seien in Sänften getragen worden, und das sei völlig normal für sie gewesen und kein bisschen lächerlich. Und was den Nachnamen betreffe, so sei das nun mal ein ganz besonderer, und alle wüssten, dass ihr Sohn nicht unehelich sei. Jedenfalls könne sie, Ester, um wieder auf ihr eigentliches Thema zurückzukommen, Mailand rein gar nichts abgewinnen.

»Wie schafft man es bloß, an einem Ort wie diesem zu leben?«, sagte sie wie so oft.

Außerdem werde alles immer teurer in Mailand, wie solle man da über die Runden kommen? Sie wäre ja sogar bereit, als Putzfrau zu arbeiten, aber ihr Mann wolle partout nichts davon wissen und haue mit der Faust auf den Tisch, sobald sie davon anfange. Also spare sie halt, wo es nur ging, nähe Felicitas Kleider und ihre eigenen selbst, ebenso wie Raffaeles Hemden und Overalls, aber zu sparen sei nun mal nicht das Gleiche wie Geld zu verdienen. Auf dem Dorf könnte sie zusammen mit ihrer Schwester als Schneiderin arbeiten. Aber hier in Mailand? Solle sie vielleicht die Leute, die sie kenne, fragen, ob sie Kleider genäht haben wollten? Nein, da würde sie sich schämen. Außerdem sei sie sich ohne den fachmännischen Rat ihrer Schwester unsicher mit den Größen.

Warum, erwiderte Felicita, versuchst du dann nicht, diese hübschen selbst gemachten Sachen von dir zu verkaufen?

Wer interessiere sich in einer Welt, in der alles am Fließband hergestellt werde, schon für ihre Stiftehalter, die sie aus leeren Tomatenkonserven bastelte, oder ihre zu Lampenständern umfunktionierten leeren Flaschen oder die Tischkartenhalter aus Eierschalen und Weinkorken?, meinte Ester mutlos.

Ach, wer weiß, wie viele Menschen auf dem italienischen Festland diese Dinge schätzen würden, meinte ihre Tochter. Aber ihre Mutter versuche es ja nicht einmal. Sie habe keine Freundinnen, bemühe sich gar nicht, jemanden kennenzulernen. Kein Wunder, dass sie an Mailand und den Mailändern kein gutes Haar lasse. Dabei gebe es auch viel Schönes im Norden, den Herbst zum Beispiel, der hier ein richtiger Herbst sei, mit seinen goldenen Blättern, die im Wind tanzten, dem feinen, dichten, gerade herabfallenden Nieselregen, der einem nicht vom Wind gepeitscht ins Gesicht schlage wie auf Sardinien, oder dieser besondere Geruch in den Schreibwarenhandlungen und Wurst- und Feinkostläden und die scherzende Art der Verkäufer, die viel angenehmer sei als die der sardischen Ladeninhaber, die immer so bekümmert dreinblickten. Und die schönen Bars erst! Rieche es dort etwa nach schalem Wein wie in den Bars in sardischen Dörfern? Die Mailänder Bars mit ihren Kristallleuchtern, Samtvorhängen und Wandspiegeln seien überhaupt geradezu luxuriös. Und die Wohnung – warum in aller Welt sollte das hier keine richtige Wohnung sein, nur weil sie ihnen nicht gehöre? Wenigstens habe jedes Zimmer ein Fenster, anders als diese dunklen Löcher im Haus ihrer Großmutter, die alle auf den Laubengang gingen, von wo kaum Licht hereindringe.

Sofort hielt Ester dagegen. In Cagliari gebe es unzählige luxuriöse Bars, und was das Haus auf dem Land betreffe, so sei ein Zimmer ohne richtiges Fenster besser als eins, durch das man auf dieses rußige, neblige, trübsinnige Ghetto aus Mietskasernen blicke. Im Übrigen sei das Mailänder Licht wohl kaum mit dem auf Sardinien vergleichbar.

Raffaele hielt sich aus diesen Wortgefechten lieber heraus, und Ester kam sein Schweigen zugute. Sie war zu allem, wirklich allem bereit, nur um in ihren Laubengang zurückkehren, wieder unter ihrem geliebten Ziegeldach und im Schatten ihrer Palme und in ihrem Garten leben zu können.

Weil sie sich nicht mehr anders zu helfen wusste, sprach Felicita über sich selbst. Wenigstens seien sie, die Eltern, richtige Sarden. Sie dagegen sei weder eine waschechte Sardin noch eine richtige Festlanditalienerin. Sie sei heimatlos. Außerdem hätten die gleichaltrigen Mädchen auf Sardinien alle schon einen Freund, aber die sardischen Jungen würden so eine Dicke wie sie bestimmt nicht wollen, daher würde sie mit ihren sechzehn Jahren dort praktisch schon als alte Jungfer gelten. In Mailand dagegen kümmere es niemanden, ob man einen Freund habe oder nicht, ob man dünn oder dick sei. Anders als auf dem Land, wo die Leute über einen herzogen. Hier verschwinde man als Dicke in der Masse, in der rußigen Luft, im Nebel.

Nach einer Mahlzeit, die wie so oft in einer vergifteten Atmosphäre verlaufen war, sah Ester die beiden an und legte ihren Löffel demonstrativ langsam auf ihren Teller.

»Stimmt etwas nicht?«, fragte Raffaele.

»Siehst du nicht, wie sehr mich das aufregt?«, sagte sie und schlug sich die Hände vors Gesicht. »Meinetwegen, wir bleiben ja sowieso hier.«

»Was meinst du mit sowieso?«, fragte ihr Mann.

»Ach nichts.«

Und sie sprang auf und lief davon. Ihr Mann folgte ihr, aber an der Tür blicke er sich nochmals zu seiner Tochter um und sagte, die Gesundheit ihrer Mutter gehe vor. Sie sei immerzu krank in Mailand. Sie könne ohne ihr Beruhigungsmittel nicht mehr schlafen, doch bekomme sie davon schreckliche Albträume, und zwar träume sie, sie könne nicht mehr schlafen. Bei langem Stehen falle sie in Ohnmacht. Wenn sie zu ihrem Essen nicht ihre Medizin einnehme, funktioniere ihre Verdauung nicht. Auf alles Mögliche sei sie allergisch, weil die rußige Luft in der Stadt sie vergifte; wegen ihres Hautausschlags gäben sie ein Vermögen für Kortisonsalben aus. Ganz zu schweigen von ihrer Migräne, die sie im Winter immer bekomme. Sie habe ihre Kopftücher mit Baumwolle wattieren müssen, und mit denen sehe sie wie eine Behinderte aus. Kurzum, es sei ihrer beider Pflicht als Ehemann und Tochter, mit ihr in ihre Heimat zurückzukehren. Raffaele bat sie, wenigstens zu versuchen, die Mutter zu verstehen. »Niemand kennt den genauen Grund für ihr trauriges, enttäuschtes Lächeln und dafür, dass sie so gut wie nie das Haus verlässt«, sagte er. »Sie geht nur hinaus, um einzukaufen, nie für einen Bummel in der Stadt, zusammen mit einer Freundin, so wie andere Frauen. Mit dem Tod von Onkel Felice haben alle diese Krankheiten angefangen, aber zunächst schien es, als hätte sie auf dem Festland den Ort gefunden, nach dem sie gesucht hatte. Doch dann ist das Unglück mit dieser Fehlinvestition passiert …«

Es sei die Zeit des Wirtschaftswunders gewesen, und in Mailand hätten alle geglaubt, reich werden zu können. Also hätten auch sie die Ersparnisse von vielen Jahren in eine Anlage gesteckt. Damals sei es der Wirtschaft richtig gut gegangen, und das angelegte Kapital hätte sich leicht verdoppeln können. Doch dann sei es mit der Konjunktur den Bach runtergegangen, und sie hätten alles verloren. Daraufhin sei die Mutter krank geworden, aber er sei überzeugt, dass die Ursache ganz woanders liege, denn Geld sei zwar wichtig, aber nur bis zu einem gewissen Grad. Er selbst denke gar nicht mehr daran, dass er mal ein hoffnungsvoller Aktionär gewesen sei. Auch mit Genua habe er abgeschlossen. Mit allem, was ihn traurig mache. Aber ihre Mutter sei inzwischen überzeugt, dass sie nur auf ihrer Insel wieder gesund werden könne, daher bleibe ihnen nichts anderes übrig, als mit ihr nach Sardinien zu ziehen.

Felicita nickte und versprach, zu versuchen sich damit abzufinden. Dann erledigte sie den Abwasch, wobei sie darauf achtete, nicht mit dem Geschirr zu klappern und den Wasserhahn nicht zu sehr aufzudrehen, weil das laute Rauschen ihrer Mutter Angst machte.

ZWEITER TEIL

Sardinien

15

Und so kehrten sie nach Sardinien zurück, aber schon bald wurde Ester klar, dass es keine gute Idee gewesen war. In ihrem so geliebten alten Haus wurde es zunehmend feuchter, den Cotto-Boden zu putzen fiel ihr zusehends schwerer, und das Zusammenleben mit ihrer Mutter war die reinste Hölle. Die Schneidereiaufträge ihrer Schwester waren stark zurückgegangen, denn inzwischen kauften die meisten Leute Kleider von der Stange und gingen nicht länger zu einer Schneiderin.

Raffaele weigerte sich, Arbeit in einem Industriebetrieb zu suchen. Die Petrochemie verschmutze das Meer, meinte er. Er hielt sie für unmoralisch und den offiziellen Plan zur »Wiedergeburt Sardiniens« für einen schrecklichen Irrtum.

Seine beiden Schwager fanden, Raffaele könne einfach nicht begreifen, was für ein Glück es war, dass Sardinien endlich in der Neuzeit angekommen sei. Wolle er den Sarden etwa verbieten, wie alle anderen Menschen zu leben? Wolle er, dass die Leute weiterhin in den Norden emigrierten? Wo die Frauen dazu verdammt seien, putzen zu gehen, und die Männer, in den Fabriken giftige Dämpfe einzuatmen? Und wenn man sich schon in einer Fabrik vergiften müsse, sei es dann nicht besser, die Industrie gleich vor Ort zu haben? Und was Raffaeles Verachtung gegenüber der Costa Smeralda angehe, die jeder andere Sarde inzwischen als ein Gottesgeschenk betrachte, sei das nicht eine Art Nestbeschmutzung?

Ein Gottesgeschenk, wie bitte? Überall schössen Ferienanlagen aus dem Boden und würden neue Straßen asphaltiert, um zu den Stränden zu gelangen. Ohne Unterlass, ohne Rücksicht, geschweige denn Liebe gegenüber der Natur. Jeder Hektar mediterraner Macchia werde ausgerissen, verbrannt und in Schutt und Asche gelegt, nur um noch mehr neue Anlagen zu bauen, ereiferte sich Raffaele.

Die Schwager zogen ihn auf. Ob er lieber wieder mit den Schafen in den Bergen herumziehen wolle? Ob er statt einer Schultertasche lieber wieder eine vorsintflutliche *Bisaccia* tragen wolle, einen dieser aus zwei Beuteln bestehenden Säcke, die man über der Schulter trug? Oder statt moderner Anziehsachen aus weichem Material welche aus kratziger Orbace-Wolle? Ob er lieber auf einem Esel reiten wolle, statt ein Auto zu fahren? Und lieber nach Schafskäse stinken als nach Parfüm duften?

Ester stieß ins gleiche Horn. Er ereifere sich über Dinge, die ihn im Grunde gar nicht direkt beträfen. Sich eine Arbeit zu suchen, das betreffe ihn direkt, aber er bleibe stur auf seinem hohen Ross sitzen. Weigere sich, in der Petrochemie zu arbeiten, weil sie die Umwelt verschmutze, und in einem Bauunternehmen, weil es Häuser an der Küste errichte. Aber es sei nun mal seine Pflicht, seine Familie zu ernähren. Wo Rauch ist, da ist auch Brot. Ob ihr Mann dieses sardische Sprichwort nicht kenne?

»Eine Arbeit, sicher brauche ich eine Arbeit. Habe ich je den Wert der Arbeit bestritten?«, verteidigte sich Raffaele. »Aber was, wenn sie die Umwelt verschmutzt, ökologischen Schaden anrichtet und die Menschen krank macht? Ein Arbeiter muss etwas Sinnvolles, für die Menschheit Nützliches tun, wo ist sonst der Unterschied zur *Arbeit* (er verwendete das deutsche Wort), die die Häftlinge in Auschwitz verrichten mussten?«

Was für ein hanebüchener Vergleich! Auch Ester fand die umweltverschmutzenden Industriezweige nicht gut, aber in ihren Augen gehörten sie nun mal zur modernen Welt. Was ihr, Ester, indes wirklich den Schlaf raube, sei die Tatsache, dass er sich immer noch keine Anstellung gesucht habe.

Aber Raffaele hatte Gefallen an diesem neuen Leben gefunden und vertrug sich sogar mit seiner Schwiegermutter. Selbst das Haus mit all seinen Fehlern und Mängeln, der Feuchtigkeit, den dunklen Zimmern und dem Klo auf dem Hof, mochte er. Deswegen kam für ihn eine Arbeitsstelle, für die er einen weiten Weg auf sich hätte nehmen müssen, von vornherein nicht infrage, und bis er eine gefunden hatte, die moralisch war und für die er nicht weit fahren musste, verdingte er sich lieber als Bauer. Ausgerechnet er, der im Krieg zur Marine geflüchtet war, um nicht als Tagelöhner oder Schafhirte arbeiten zu müssen, protestierte Ester.

Er half seinen Schwagern in der Landwirtschaft und war ihnen zutiefst dankbar, dass sie ihm das ermöglichten. Eigentlich hätten sie es sich nicht erlauben können, die mageren Erträge mit einem Dritten zu teilen, aber sie rangen dem kleinen Flecken Land, den sie bewirtschafteten, auch noch den Unterhalt für ihn und seine Familie ab und weigerten sich überdies, das Geld anzunehmen, das Esters Schwestern anteilig für das Elternhaus zustand. Die beiden waren wirklich in Ordnung, fand er, auch wenn der eine die Christdemokraten wählte und der andere Mussolini, zumindest teilweise, in Schutz genommen hatte.

Raffaele hatte keine Erfahrung als Bauer, aber gleich welche Arbeit seine Schwager ihm auch zeigten, alles ging ihm leicht von der Hand, als hätte er nie etwas anderes getan.

Genauso hatte er sich damals in der Marine, obwohl er noch nie zuvor das Meer gesehen hatte, als einer der besten Schiffsmatrosen entpuppt, oder später in Mailand als einer der tüchtigsten Fabrikarbeiter.

Sie hatten weder einen Traktor noch das Geld, um jemanden zu bezahlen, der einen hatte, also blieb ihnen nichts anderes übrig, als die Felder von Hand zu hacken, und er legte bei dieser Plackerei einen größeren Eifer an den Tag als seine beiden Schwager.

Es gefiel ihm, Weizen und Gerste und Futter für das Vieh anzupflanzen und Reben in dem kleinen Weinstock zu ziehen. Aber seine Leidenschaft galt dem Gemüse: Artischocken, Zwiebeln, Kohl, Brokkoli, Blattsalate, Fenchel, grüne Bohnen, Staudensellerie.

Aber nur Felicita konnte er vorschwärmen, wie poetisch er diese Gemüsesorten fand. Nur sie erkannte so wie er die Schönheit des zarten Lilas und kräftigen Violetts der Distel- und Artischockenblüten, der weißen Blütenbälle ganz oben auf den Zwiebeln, der kleinen gelben Tomatenblüten. Manchmal wenn er in einem Supermarkt in Cagliari einkaufen ging und die Tomatenkonserven der sardischen Marke Casar entdeckte, empfand er das gleiche befriedigende Gefühl wie andere in einem Museum.

»Für mich sind diese Tomaten«, sagte er im Brustton der Überzeugung zu seiner Tochter, »der Inbegriff vom wiedergeborenen Sardinien.«

»Und findest du nicht auch«, erwiderte Felicita, »dass die eigentliche Verwirklichung dieses Traums in der kollektiven Arbeit auf den Feldern liegen würde?«

»Nein. Und zwar weil Stalin die Kulaken, die selbstständigen Bauern der Sowjetunion, in den Gulags hat vernichten lassen, weil er ihnen vorwarf, sie würden ihre Ernte vor dem Staat verstecken.«

»Das war wirklich grausam, aber es diente nun mal einem guten Zweck.«

»Ich glaube nicht mehr an den guten Zweck. Als Junge dachte ich, es wäre manchmal notwendig, dass man für ein gutes Ziel etwas Schlechtes tut. Aber inzwischen verabscheue ich mich dafür. Im Namen des Guten begehen die Menschen alle möglichen Grausamkeiten. Und trotzdem glaube ich, dass man gut sein kann. Daran glaube ich. Und ich mache mir Sorgen wegen dir, weil du das Herz am rechten Fleck hast und in die kommunistische Partei eingetreten bist. Du hättest keiner Partei beitreten sollen. Mit der Zeit wird man dir nämlich eintrichtern, jede Gewissenlosigkeit damit zu rechtfertigen, dass sie dem Gemeinwohl dient.«

»Aber besteht Gemeinwohl nicht darin, Ungerechtigkeit zu bekämpfen?«

Die Onkel zum Beispiel, seien die nicht auch Opfer einer Ungerechtigkeit geworden? Sie gehörten zu den kleinen Grundbesitzern, denen durch die Agrarreform weniger als fünfzig Hektar geblieben seien, von denen drei Familien auf Dauer nicht leben könnten. Der Plan zur »Wiedergeburt Sardiniens« sehe fünfzehn Hektar pro erwachsenes Familienmitglied vor, und ihre Kinder seien ja noch nicht einmal erwachsen.

Da die weit entfernten Arbeitsstellen und jene in der Petrochemie und Bauwirtschaft an der Küste nicht infrage kamen, blieb noch die Lebensmittelindustrie, und als Raffaele schließlich bei der Firma Casar anheuerte, hatte er das Gefühl, dass seine Suche endgültig beendet und er genau dort angelangt war, wo er hingewollt hatte.

Er kehrte der Feldarbeit den Rücken, dem Aufstehen im Morgengrauen, den hitzigen politischen Wortgefechten mit seinen Schwagern.

An seinem letzten Tag umarmten sich die drei Männer bewegt, lachten aber auch. Sie würden das großartige kontinentale Mittagessen vermissen, meinten die Schwager, das Ester ihm in einem dreiteiligen Essgeschirr immer mitgegeben und das er natürlich großzügig mit ihnen geteilt hatte: Kalbskotelett und Risotto nach Mailänder Art, österliche Spinattorte mit Eiern, Trenette mit Pesto. Ossobuco mit Erbsen, Brathuhn mit Kartoffelpüree. Von nun an würden sie sich wieder mit einem Stück Pecorino und den üblichen, am Vorabend gekochten *malloreddus* – sardischen Gnocchetti mit pikanter Wurstsoße – aus einem Blechnapf begnügen müssen.

Aber selbst an seinem letzten Tag versäumte es Raffaele nicht, gegen seine Lieblingsfeinde zu Felde zu ziehen. Schuld an der Misere sei dieser niederträchtige Plan »zur Wiedergeburt Sardiniens«, der die Unternehmen vom Festland, die auf der Insel Niederlassungen gegründet hatten, gegenüber den sardischen Landwirten bevorzugt habe.

Obwohl es ihm Spaß gemacht hatte, als Bauer zu arbeiten, und er auch gern wieder Arbeiter war, blieb Raffaele im Grunde seines Herzens doch ein Seemann. Wenn er spürte, dass verdrießliche Laune oder Melancholie oder ein Gefühl der Leere und Unzufriedenheit ihn zu überwältigen drohten, weil er wusste, dass er nie wieder zur See fahren würde, suchte er Zuflucht in Cagliari, am Poetto-Strand, manchmal allein, manchmal mit Felicita.

Und während sie am Meer verweilten, philosophierten sie.

»Die Freiheit, mein liebes Kind, ist ein dem Menschen angeborener Wunsch. Man kann ihn nicht unterdrücken. Ohne Freiheit kann man nicht leben. Wie schaffst du es bloß, auf offene Gespräche zu verzichten, bei denen man nicht jedes Wort auf die Waagschale legen muss?«

»Ach herrje, musst du mir eigentlich bei jeder Gelegenheit unter die Nase reiben, dass die Kommunistische Partei nichts taugt?«

Ob das Wetter schön oder schlecht war, Raffaele ging schwimmen, während seine Tochter ihn vom Strand aus nicht aus den Augen ließ. Nur am Meer fühlte er sich rundherum wohl, als Teil des Ganzen, ein Hauch im grenzenlosen Atem des Universums, von Gewissensbissen und Reuegefühlen reingewaschen.

Und wenn er weit hinausschwamm, bis die Insel irgendwann nur noch ein Strich im Meer war, fand er wirklich seinen Frieden.

Dabei hieß es doch, das Meer mache einen nervös.

16

Bevor Felicita morgens zur Schule ging, machte sie die Betten und wischte die Böden. Ihre Schulkameradinnen hänselten sie wegen ihres singenden Tonfalls, der so anders war als ihrer. Eine Schar Schülerinnen folgte ihr regelmäßig auf dem Nachhauseweg und äffte ihren Singsang nach: »La Felicitaaa! La Felicitaaa! La Felicitaaa!«

Klassenkameradinnen, die sie gerne mochten, meinten, das komme daher, dass sie zu gutmütig sei. Sie sagten ihr auch, dass die Jungen, mit denen sie für kurze Zeit ausgegangen war, sie nicht wegen ihrer Unfreundlichkeit sitzen gelassen hätten, wie sie selbst glaube, sondern weil Felicitas Gutmütigkeit fast schon an Dummheit grenze. Sie müsse gemein werden, sich wehren. Aber Felicita fiel nichts Gemeines ein, und sie traf die einzige Entscheidung, zu der sie in der Lage war, nämlich den Umgang mit den wenigen zu genießen, die sie mochten – eine zugegebenermaßen kleine Welt, aber groß genug zum Leben.

Zu Hause war es noch schlimmer geworden. Mit der Großmutter unter einem Dach zu wohnen – das war wahrlich nicht einfach.

Sie war alt geworden, ohne gleichzeitig weise zu werden, und ihre Töchter hielten sie für borniert und tyrannisch und machten sie für Felices Selbstmord verantwortlich. Sie hatten regelrecht Angst vor ihr. Auch der Großvater, erzählten sie, habe unter seiner Frau gelitten und sich nicht so zeigen können, wie er wirklich war, ein netter Mann, der immer Rücksicht auf die Gefühle anderer genommen habe. Wenn er jemanden, dem er Geld geliehen hatte, das dieser ihm nicht zurückzahlen konnte, von Weitem auf der Straße auf sich zukommen sah, sei er auf die andere Seite gewechselt, um seinen Schuldner nicht in Verlegenheit zu bringen und ihm nicht den Tag zu verderben.

Felicita, meinten ihre Tanten, gleiche in jeder Hinsicht diesem Großvater, den sie nie kennengelernt hatte, den seine Güte in den Ruin getrieben und der sich deswegen die Verachtung seiner Frau zugezogen hatte. Jene, die zu gut seien, fuhren die Tanten fort, würden in ihrem Leben nichts auf die Beine stellen und zu Versagern. Aber ausgerechnet am Beispiel der Großmutter kam die Enkelin zu dem Schluss, dass es zu nichts führte, wenn man böse war, und dass das, was man über die Guten sagte, ein einziger großer Unfug war. Ihre Großmutter verstand sich gut darauf, andere zu verletzen, sogar tödlich, und was hatte sie damit erreicht? Rein gar nichts.

17

Raffaele war der Einzige, der mit seiner Schwiegermutter gut auskam. Sie stritten sich nur, wenn es ums Meer ging, das die Großmutter noch nie gesehen hatte und das sie kein bisschen interessierte.

Wäre sie eine alte Frau aus dem Hinterland gewesen, hätte Raffaele das ja verstanden, aber Cagliari mit dem Poetto-Strand, eine zwölf Kilometer lange Ausdehnung weißer Dünen, war gerade einmal eine Stunde von ihrem Dorf entfernt.

Und er war wild entschlossen, sie in dieses nur einen Katzensprung entfernte gelobte Land mitzunehmen. Doch seine Schwiegermutter zuckte nur die Achseln, wie um zu sagen, sie habe Besseres zu tun und dass ihr sowohl Cagliari als auch das Meer egal seien.

Aber als sie eines Tages schwer krank wurde, ließ sie sich wohl oder übel von Felicita und ihrem Vater zu einem Arzt nach Cagliari fahren, und bei dieser Gelegenheit beschlossen ihr Schwiegersohn und ihre Enkelin, einen Abstecher zum Poetto-Strand zu machen.

Während der Hinfahrt saß die Großmutter mit stur nach vorn gerichtetem Kopf da, das schwarze Wolltuch weit nach vorn gezogen, sodass es aussah, als trüge sie Scheuklappen, aber auf der Rückfahrt hielt der Schwiegersohn, der dieses

Überraschungsmanöver zuvor mit seiner Tochter abgesprochen hatte, am Straßenrand an. Dann zwangen sie die Großmutter auszusteigen und zerrten sie zum Strand, während sie sich wand und sich sträubte und die beiden verfluchte.

Und da war es, das Meer mit seiner unendlichen Weite und Stille. Zwischen ihren beiden Entführern gefangen, betrachtete die Großmutter es misstrauisch, feindselig und ganz gewiss mit schlechtem Gewissen, weil ihr diese Unterbrechung wie eine unnötige und unverdiente luxuriöse Sommerfrische vorkam, die sie von ihren täglichen Pflichten abhielt.

Schließlich gab sie aber doch nach und setzte sich schmollend und mit unheilvoller Miene in den Sand, und sie ließen sie los.

Aber sie nahmen links und rechts neben ihr Platz und machten vorerst keinerlei Anstalten weiterzufahren. Ihre Enkelin mit ihrem Vogelgesichtchen deutete begeistert aufs Meer und sagte: »Großmutter, hast du nicht auch das Gefühl, in einer vollkommenen Welt gelandet zu sein?«

Dann versuchte sie sie zu überreden, Schuhe und Strümpfe auszuziehen und sich barfuß in den Sand zu stellen, und zog sie ihr, nachdem sich die Großmutter weigerte, kurzerhand selbst aus, wie einem kleinen Kind, und brachte sie dazu, die Füße ins Wasser zu halten.

Das Meer nahm sie auf wie alle Fische, die zu ihm vom Land zurückkehrten.

Nach jedem weiteren Arztbesuch in Cagliari schlug ihr Schwiegersohn ihr von nun an eine Rast am Poetto-Strand vor, an derselben Stelle, die jedoch jedes Mal anders aussah. Mal war das Meer himmelblau, ruhig und transparent, mal schäumend, bleifarben und bedrohlich, dann wieder himmelblau. Der Strand weiß, pudrig, silbergrau, schwarz, dann wieder weiß.

Jedes Mal zuckte die Großmutter die Achseln, wie um zu sagen, dass es ihr einerlei sei, stieg aber immer eilig aus dem Auto und lief behände wie ein junges Mädchen zum Strand, wo sie Schuhe und Strümpfe auszog und bis zu den Knöcheln ins Wasser ging.

Einmal, als das Meer gut aufgelegt war, schwammen lauter winzige Fische um ihre Füße herum. Da bückte sie sich, um diese Fischlein aus der Nähe zu betrachten.

Kaum waren sie wieder zu Hause, trug die Großmutter jedes Mal den nächsten Arzttermin im Kalender ein, und das tat sie bestimmt nicht, weil ihr ihre Gesundheit so wichtig war, denn sie wusste, dass ihr Leiden unheilbar war, sondern um die Tage zu zählen, bis sie das Meer wiedersehen würde.

Sie beklagte sich nicht länger darüber, dass Felicita zu nichts nutze sei und ihre Schwiegersöhne allesamt Hungerleider und Versager, die Töchter dumm und die Enkel zu nichts in der Lage. Alle bemerkten ihre wundersame Veränderung und schrieben sie dem Alter zu und der schweren Krankheit, die sie langsam sterben ließ.

Aber Felicita war sich sicher: Die Großmutter hatte begriffen, dass das gelobte Land gar nicht weit von dem Ort entfernt war, an dem sie ihr ganzes Leben zugebracht hatte, und dass es im Grunde nur einer kleinen Anstrengung bedurfte, um aus ihrer gewohnten Welt in eine ganz andere, ungewöhnliche und doch nur einen Katzensprung entfernte zu gelangen.

18

Aus Donna Dolores' Sohn war ein großer, schlanker, zurückhaltender, ernster Junge und brillanter Schüler geworden. Alle fragten sich, was er an einem Mädchen wie Felicita interessant fand, und glaubten, genau wie Felicita selbst, die Antwort laute, dass sie ihm half, die andere zu vergessen.

Wie alle im Dorf nannte Felicita ihn Sisternes, beim Nachnamen seiner Mutter, den die Leute aufgrund ihrer adeligen Herkunft zunächst an den Namen ihres Mannes angefügt hatten, um ihn schließlich als einzigen Namen zu benutzen.

Sie waren sich auf einer Party nähergekommen und seitdem waren sie zusammen. Felicita war trotz ihres neu genähten Kleides, für das Ester die ganze Nacht aufgeblieben war, kein einziges Mal zum Tanzen aufgefordert worden. Doch dann traf Pietro Maria Sisternes zusammen mit seiner kleinen Band ein, und Felicita schöpfte neuen Mut.

Die Musiker waren kein bisschen wie richtige Musiker angezogen, und auf die Stücke, die sie spielten, konnte man auch nicht tanzen, denn es war Jazz. Alle protestierten, und zum Schluss warf man sie sogar hinaus.

Felicita hatte den ganzen Flachmann geleert, den sie immer zu Partys mitnahm, um sich Mut anzutrinken. Und so brachte sie den Mut auf, sich Sisternes zu nähern, als die Musiker mit gesenkten Köpfen die Instrumente einpackten, und ihn zu fragen, ob er sie in seinem Wagen mit nach Hause nehmen könne.

Als sie vor dem großen Tor anhielten, stieg sie nicht gleich aus, sondern gestand Pietro Maria, dass sie ihn von Kindesbeinen an liebe, dass sie auf der anderen Straßenseite oft den Moment abgepasst habe, wenn seine Mutter und er in der Kalesche herausfuhren, um einen Blick auf ihn erhaschen.

Dann schlang sie die Arme um ihn und küsste ihn auf den Mund, und er versuchte nicht, sich ihr zu entziehen. Stattdessen streichelte er lange ihre Haare und sagte: »Hast du dicke Haare, wie schwer sind die eigentlich?«

Das kränkte sie keineswegs, denn sie wusste, dass ihre Haare das Schönste an ihr waren, außerdem war er viel zu gut erzogen, als dass man seine Bemerkung als Anspielung auf ihr Gewicht verstehen konnte.

Nach diesem Abend war es immer Felicita, die fragte, wann sie sich wiedersehen würden, und Pietro Maria sagte nie Nein, wenn sie ihm etwas vorschlug. Für sie ein Zeichen, dass er gern mit ihr zusammen war.

Und meistens redete Felicita, während er nur hin und wieder einwarf: Ach ja?, oder: Ach, wirklich?, ohne je selbst etwas zur Unterhaltung beizutragen.

Auch von dieser anderen erzählte er ihr nichts. Es hätte ihm bestimmt gutgetan, alles auszuspucken, frei von der Leber weg alles zu sagen, was ihn bedrückte, ja, selbst seinen Tränen freien Lauf zu lassen oder auch nur zu schluchzen. Aber das tat er nicht. Sisternes erzählte ihr nie etwas.

Das Einzige, was Felicita ihm zu entlocken vermochte, war, dass er nicht gern in ihrem Dorf lebte, das er als schäbig und armselig empfand. Andererseits könnte er auch nie in einer

Wohnung leben, meinte er, daher wäre für ihn das Idealste eine Villa in der Stadt.

Seine Mutter, Donna Dolores, erblickte Felicita auch weiterhin nur aus der Ferne, wenn sie von der von einem Bediensteten gelenkten Kalesche durch das große Tor herausgefahren kam, denn Sisternes hatte ihr seine Mutter bislang nicht vorgestellt. Nur eines hatte er ihr über sie erzählt, nämlich dass sich Donna Dolores weigere, ihm seine einzigen beiden großen Wünsche zu erfüllen – das Anwesen im Dorf gegen eine Villa in der Stadt auszutauschen und ihm ein Klavier zu kaufen. Seine Mutter meinte, ein Klavier sei zu sperrig. Also tröstete er sich mit einer Gitarre.

Raffaele verachtete Donna Dolores, weil sie sich weigerte, ihrem Sohn ein Klavier zu kaufen. Gut möglich, dass er auch Sisternes ein bisschen verachtete, der nicht den Mut hatte, gegen sie aufzubegehren. Hätte Raffaele Geld gehabt, hätte er dem Jungen ein Klavier gekauft und, da das riesige Haus der Sisternes offenbar derart vollgestellt war, eben einen Platz bei ihnen zu Hause dafür geschaffen, selbst auf die Gefahr hin, dass er auf dem Boden hätte schlafen oder essen müssen.

Aber im Grunde war er froh, dass seine Tochter mit Sisternes ging, nicht weil die Familie adelig und reich war, das spielte für ihn keine Rolle, sondern weil sich der Junge so für Musik begeisterte. Felicita hatte ihm erzählt, er sammle sämtliche Ausgaben der *Großen Enzyklopädie des Jazz*.

Ester hingegen fand, dass Donna Dolores gut daran tat, ihrem Sohn nicht nachzugeben. Es war sinnvoll, dass er sich an der Universität einschrieb, in Agrarwirtschaft, um sich um die zahllosen Hektar Land zu kümmern, die sie besaßen. Die Musik war hingegen nicht lebensnotwendig, denn konnte man von Musik etwa leben?

19

Seit Felicita mit Sisternes zusammen war, bekam sie Schwierigkeiten mit ihren alten Freunden, die bislang ihrer kleinen Welt angehört hatten und sie mochten. Sie hielten den reichen und adeligen Sisternes für einen Faschisten. Wie könne sie als Mitglied der kommunistischen Partei eine Beziehung mit diesem Volksfeind haben?

Sisternes, ein Volksfeind?, entgegnete sie. Dieser stille Junge, der sich kein bisschen für Politik interessiere, sondern sich gänzlich auf sein Agrarstudium konzentriere?

Ja, sie sei Kommunistin, aber sie teile die Welt nicht in Freunde und Feinde des Volkes ein. Sie sei in die kommunistische Partei eingetreten, weil sie Berlinguer vertraue, der genau das Gleiche wolle wie sie: den historischen Kompromiss und endlich Schluss machen mit diesem Schubladendenken.

In Cagliari beteiligte sie sich sogar an einer Flugblattaktion der Sektion Lenin. Doch bei den Kundgebungen nahm sie oft Reißaus, nicht weil sie feige war, sondern weil sie nicht wirklich böse auf die Rechten sein konnte. Denn an einem gewissen Punkt wurden jedes Mal Lieder angestimmt, die davon handelten, dass man denen da oben den Garaus machen müsse, und diese Lieder bereiteten ihr ein solches Unbehagen, dass sie unmöglich mitsingen konnte, sondern den Demonstranten stumm folgte, als ginge sie hinter einem Trauerzug her.

Sie konnte sich unter dem Wort Feind einfach nichts vorstellen, ebenso wenig wie sie die Reichen hassen konnte. In ihrer Sektion misstraute man Mitgliedern, die nicht astreiner proletarischer Abstammung waren, mochten sie noch so überzeugte Kommunisten sein. Aber waren die Reichen in der PCI nicht sehr viel weniger egoistisch als jene der Rechten?, fragte sich Felicita. Und machte sie das nicht schätzenswert und sympathisch?

Aus diesen Gründen fühlte sie sich in der Partei nicht wirklich wohl. Aber auch in Gegenwart von Menschen von der gegnerischen Seite fühlte sie sich natürlich nicht wohl. Es erging ihr genau wie einem Freund von ihr, der nach Israel gegangen war und ihr erzählt hatte, dass er bei den Israelis Partei für die Palästinenser ergreife, und wenn er mit Palästinensern rede, für Israel.

In ihrer Sektion nannte man sie Schwester Felicita, aber man mochte sie und war nett zu ihr. Und so litt Felicita dank der Partei nicht länger unter ihrer Figur, sondern bekam sogar Komplimente wegen ihres dichten, schönen Haars, dessen Farbe wie der von einem Herbstwald sei, wegen ihres Lächelns und ihrer großen, sanften Augen. Im Übrigen waren den Kommunisten schöne Frauen ohnehin verdächtig, auch wenn sie das natürlich nicht aussprachen, aber insgeheim hielten sie sie für dumme Gänse.

20

Tatsächlich verdankte Felicita es der kommunistischen Partei, dass sie sich inzwischen begehrenswert fühlte und den Mut aufgebracht hatte, sich Sisternes zu offenbaren. Sie entdeckte, dass Sex etwas Wundervolles war und ein guter Grund, um auf der Welt zu sein, dachte sie.

Da sie keine Rückzugsmöglichkeit hatten, liebten sie sich in seinem Wagen. Sie fuhren aufs Land, zwischen den Feldern hindurch, deren Farbe, je nachdem ob dort Weizen, Reben, Tomaten oder Rüben wuchsen oder je nach Jahreszeit, von Grün zu Gelb, Violett oder Rot wechselte, und im Frühling überzogen die Stängel der Löwenmäuler sie mit rosa Farbtupfern und die der Ginsterbüsche mit gelben.

Sobald sie unter einem strahlend blauen Himmel oder einem, in dem sich die Wolken türmten, in den ersten Feldweg eingebogen waren, klappte sie die Rückenlehne ihres Sitzes zurück, ließ sich nach hinten sinken, knöpfte die Bluse auf und zog den Rock herunter. Sie wusste, dass ihre festen Brüste, wenn sie entblößt aus der Bluse quollen, ihre Wirkung nicht verfehlten, und ihre Schenkel schienen, wenn sie Schlüpfer und Strumpfhalter anließ, gar nicht einmal so dick. Wenn sie so dalag, wurde der Bauch flach, und ihr Körper war nahezu perfekt.

Dann hielt Sisternes den Wagen an, beugte sich über sie

und küsste sie auf die Lippen, das Gesicht und die geschlossenen Augen.

»Berühr dich«, sagte er, dann richtete er sich auf, um ihr zuzusehen und gleichzeitig ihre Brustwarzen zu kneten.

Dann beugte er sich erneut über sie und knabberte und biss in ihre Brustwarzen, sodass sie vor Schmerz und Lust aufschrie. Sie spreizte ihre Scham, damit er alles gut sehen konnte, dann begannen beide gleichzeitig zu masturbieren. Einmal schrieb er mit einem Filzstift auf ihren Bauch: »Ich bin verrückt nach Felicita. Sie ist meine Hure«, und eine Zeit lang gelang es ihr, sich zu waschen, ohne diese Worte auszubleichen, auf die sie so stolz war.

Einige Monate lang ging das so. Sie fuhren mit seinem Wagen in die Natur hinaus, hielten irgendwo zwischen den Feldern an und saugten und leckten sich gegenseitig, bis sie sich vor Lust wanden.

Bevor es vollkommen dunkel wurde, fuhr Sisternes im schwachen Schein des Abendhimmels, während die Äste über das Auto wogten, wieder zurück.

Aber sobald sie bei der ersten Laterne des Dorfs ankamen, hielt er wieder an und forderte sie auf, ihm nochmals ihre Brüste zu zeigen. Sie zog den Pullover hoch, und er begann erneut, ihre Brustwarzen zu kneten, an ihnen zu saugen und zu knabbern.

»Sag, was ich tun soll, ich mach, was du willst«, flüsterte Felicita erregt.

»Nimm ihn in den Mund, du Hure.«

Da es ihm widerstrebte, ein Präservativ zu benutzen, wagte Sisternes es nicht, in sie einzudringen. Er hatte schreckliche Angst, in eine Situation zu geraten, die ihn gezwungen hätte, im Dorf zu bleiben und auf immer und ewig mit seiner Mutter unter einem Dach zu leben. Er studierte Agrarwirtschaft, weil das für einen reichen Grundbesitzer nun einmal der vorgezeichnete Weg war. Aber er träumte davon, Donna Dolores zu verlassen, daher versuchte er alles richtig zu machen, in logischer, chronologischer Reihenfolge: Universitätsabschluss, finanzielle Unabhängigkeit, Flucht aus dem Dorf und vor der Mutter und zu guter Letzt Frau und Kinder.

»Wenn du die freie Wahl hättest und könntest tun, was du wirklich willst, was wäre das?«, fragte Felicita ihn.

»Das ist eine dumme Frage. Ich habe keine freie Wahl.«

»Das stimmt nicht. Wir haben immer eine Wahl. Okay, es ist eine dumme Frage, aber trotzdem, was würdest du tun?«

»Musiker werden.«

»Warum gibst du dann nicht alles auf, nimmst Gelegenheitsjobs an, mietest dir von dem verdienten Geld ein Zimmer in Cagliari und studierst dort Musik?«

»Und das würde mir gefallen, meinst du?«

Eines Tages, als Felicita, schon ganz feucht, immer wieder murmelte: »Bitte, bitte, bitte«, spreizte er ihre Beine auseinander und drang in sie ein. Und das tat er von nun an regelmäßig.

Er passte auf, nie in ihr zu kommen, aber trotzdem spürte sie hinterher, wenn sie wieder losfuhren, jedes Mal, dass er sich Sorgen machte und es bereute. Felicita fing irgendwann trotzdem fröhlich an zu singen und unterbrach sich nur, um von den verschiedenen Blauschattierungen des Himmels zu schwärmen, vom Grün der Felder, dem Weiß der Wolken.

Oder sie versuchte, ihn in ein Gespräch zu verwickeln, die Sache herunterzuspielen, aber es war unmöglich, ihm auch nur ein Wort zu entlocken – Sisternes hielt den Mund fest verschlossen, und seine Mundwinkel zeigten nach unten.

Felicita war vollkommen klar, dass ihr Verhältnis wenig mit ihrer Vorstellung von Liebe zu tun hatte. Und doch liebte sie ihn. Ach, wie sehr sie ihn liebte!

21

Felicita hatte keine Lust, lange über Ungerechtigkeiten nachzugrübeln. Stattdessen sah sie sich stets nach etwas um, was sie tröstete und aufheiterte. Ester hingegen war nachtragend. Sie weigerte sich, die Mädchen zu grüßen, die Felicita wegen ihrer Figur und ihres Mailänder Akzents aufgezogen hatten, und auch deren Mütter.

Sie erinnerten Ester an die Mütter im Norden, die ihre Landsleute aus dem Süden von oben herab behandelten. Waren sie etwa in ihre Heimat, in ihr gelobtes Land zurückgekehrt, um das Gleiche in Grün zu erleben?

Ester schwelgte in Rachegedanken. Sie wünschte, alle schlanken Mädchen würden eine Hormonstörung bekommen, sodass sie auseinandergingen wie eine Dampfnudel. Und jetzt würde dieses pummelige Mädchen mit dem singenden Tonfall glatt ihren Verlobten heiraten, den reichsten, adeligsten und schönsten Jungen aus dem Dorf, und den anderen wünschte sie, dass sie keinen abbekamen und zu alten, verbiesterten Krähen wurden.

Raffaele erzählte Felicita, dass seine Frau ihn nachts bisweilen aufwecke und sich mit ihm unterhalten wolle: »Hättest du dir je erträumt, dass uns so etwas passieren würde?«

»Uns? Wieso uns?«

»Na, uns. Uns dreien.«

»Aber nur Felicita heiratet.«

»Du freust dich gar nicht.«

»Nicht ich, Felicita muss sich freuen.«

»Dich hat das Wichtigste immer schon kalt gelassen.«

Felicita fragte sich, ob ihre Mutter Sisternes wirklich mochte oder nur, weil er eine so gute Partie war. Eigentlich hatte sie bislang nicht mehr über ihn gesagt, als dass er gut erzogen sei.

Wann immer er mittags oder abends bei ihnen war, lud ihre Mutter ihn zum Essen ein. Sie tat immer so, als hätten sie das, was sie auf den Tisch brachte, sowieso gegessen. Aber das stimmte nicht. Oft stand sie im Morgengrauen auf, um rechtzeitig auf dem Markt zu sein und sich die schönsten Lebensmittel herauszupicken. Mit schweren Tüten beladen kam sie zurück, und irgendwann legte sie sich sogar einen Einkaufsroller zu. Früher hatte sie nie so viel eingekauft, dass sie einen Wagen brauchte, um alles nach Hause zu schaffen.

Dabei sagte Felicita morgens, bevor sie ins Gymnasium ging, jedes Mal zu ihr: »Sei so gut, Mama, und koche bitte nur für uns drei, heute hat Sisternes ein Seminar an der Uni und kommt ganz bestimmt nicht zum Essen.«

Aber ihre Mutter fürchtete, dass Pietro Maria es sich anders überlegen könnte, und konnte die Vorstellung nicht ertragen, dass er doch käme und sie ihm nur ein Arme-Leute-Gericht auftischen könnte.

Außerdem machte sie sich Sorgen, weil sich Felicita auf dem Gymnasium schwertat. Sie war immer eine schlechte Schülerin gewesen und schon zweimal sitzen geblieben. Ester gefiel das gar nicht, aber jetzt, da sie mit Sisternes verlobt war und, wie sich herausstellte, nicht zum Abitur zugelassen würde, machte sie ein großes Drama daraus.

»Du bist nur gut, wenn es um dummes, nutzloses Zeug geht«, sagte sie zu ihr. »Ach, wenn du doch nur mit der gleichen Begeisterung lernen würdest, mit der du aus Konservendosen Stiftehalter machst oder aus Flaschen Lampenständer!« In der Tat bereitete es Felicita ebenso viel Spaß wie ihrer Mutter, aus Sachen, die normalerweise auf dem Müll landeten, Neues zu schaffen.

Raffaele mochte Pietro Maria gern, fand aber im Gegensatz zu seiner Frau nicht, dass er gut erzogen sei. Ein gut erzogener Mann würde seine Verlobte doch hin und wieder einladen, mit ihm und seiner Mutter zu essen. Und nicht nur, dass Felicita noch nie bei den Sisternes zum Mittag- oder Abendessen eingeladen worden war, nein, sie war noch nicht ein einziges Mal in ihrem Haus gewesen. Die beiden Verlobten trafen sich höchstens bei ihnen im Garten oder im Laubengang, und wenn Donna Dolores beim Hinausgehen an ihrer zukünftigen Schwiegertochter vorbeikam, nickte sie ihr nur freundlich zu, aber ohne je innezuhalten und ein paar Worte mit ihr zu wechseln. Auf die gleiche Weise grüßte sie im Übrigen auch die zukünftigen Schwiegereltern ihres Sohnes, wenn sie in der Kalesche auf der Straße an ihnen vorbeifuhr.

Als Raffaele zu seiner Frau sagte, dass die Sisternes bei all ihrem Adel ungehobelte Leute seien, meinte sie, dass Adelige und Reiche nun mal seltsam seien.

Nein, dachte Raffaele bei sich, egal ob adelig, reich oder seltsam, so verhielten sich keine anständigen Leute.

22

Ester war ganz erschöpft, weil ihr nicht mehr viel Zeit für die Vorbereitung der Hochzeit blieb. Es musste noch die Gästeliste gemacht, die Menüfolge festgelegt und die Hochzeitszeremonie geplant werden.

Felicita hätte die Hochzeit am liebsten geheim gehalten, aber Ester fand, dass die Heirat ihrer Tochter mit einem Sisternes der ganzen Welt verkündet werden musste, schließlich war es das Schönste, was ihrer Familie je widerfahren war. Donna Dolores hatte beschlossen, dass das Fest im Haus der Braut stattfinden sollte, daher wollte Ester ihm unbedingt einen neuen Anstrich verleihen; sie wollte die Stuhlpolster neu beziehen und rasch noch ein paar Blumenbeete anlegen, und zwar so, dass dennoch genügend Platz für die Tische blieb. All das musste schnell geschehen, bevor der erste Herbstregen alles ruinieren würde.

Die Tanten hatten bereits begonnen, Modelle für das Brautkleid und den Schmuck für die berühmte Kalesche der Familie des Bräutigams zu entwerfen. Und die Onkel mästeten die Tiere, die für das Hochzeitsessen geschlachtet werden sollten.

Ester hatte schon an alle Einladungskarten verteilt, auf die sie neben den Namen Felicita und Pietro Maria das Familienwappen der Sisternes hatte drucken lassen, sogar die Schäfer, die weit entfernt in den Bergen ihre Herden weideten, und die Bauern in den Tälern hatten Einladungen bekommen.

Die gehässigeren unter den Dorfbewohnern rümpften die Nase und meinten, es sei offensichtlich, dass Donna Dolores mit einer Familie aus dem gemeinen Volk nichts zu tun haben wolle. Schließlich stelle sie weder ihr großes Haus für die Feier zur Verfügung, noch habe sie je ihre zukünftige Schwiegertochter zu ihrem berühmten Fünfuhrtee eingeladen oder zu einer Spazierfahrt in ihrer berühmten Kalesche.

Aber Ester antwortete nur, dass es unter dem sardischen Adel noch nie Sitte gewesen sei, Festmahle zu geben. In Cagliari habe es nie ein höfisches Leben gegeben und auch nie den Brauch, sich gegenseitig zu einem ungezwungenen Mittagessen einzuladen. Dafür verfüge Donna Dolores Sisternes ganz bestimmt über vollendete Umgangsformen und beherrsche die Etikette aus dem Effeff, und wenn sie beschlossen habe, dass die Hochzeitsfeier im Haus der Braut stattfinden solle, auch wenn es sehr viel bescheidener war als das des Bräutigams, dann habe das bestimmt seine Richtigkeit.

Das Brautkleid, das die Tanten ihr als Entwurf präsentiert hatten, gefiel Felicita nicht. Sie sei zu dick für die vielen Volants. Sie würde viel lieber ein sackartiges Kleid tragen. Eine Art Brautsack, meinte sie zu ihrer Mutter.

»Hör auf, ich bitte dich, bleib mir bloß mit deinem Brautsack weg.«

»Wieso, wäre ein normales Kleid, das ich auch später noch tragen könnte, nicht besser?«

»Wann begreifst du endlich, dass du reich sein wirst und dir dann so viele normale Kleider kaufen kannst, wie du willst? Du wirst dein Brautkleid nach der Hochzeit also gar nicht mehr tragen müssen.«

»Wenn du meinst.«

»Ich sehe schon, du bist wieder mal nicht zufrieden ... Dein Vater und du, ihr freut euch über Nebensächlichkeiten, während euch alles Wichtige kaltlässt. Bist du dir eigentlich darüber im Klaren, dass du mit der Verbindung, die du eingehen wirst, in eine ganz andere Schicht aufsteigst? Und hör um Himmels willen damit auf, deine kommunistische Gesinnung an die große Glocke zu hängen. Begreifst du nicht, wie unangebracht das für eine zukünftige Adelige ist?«

23

»Was für ein herrlicher Sonnenuntergang, findest du nicht auch?«, sagte Felicita. »Früher habe ich den Sommer nicht gemocht. Jetzt aber schon! Und dieser Himmel! Was für ein schönes Magentarot. Und die Bäume, schau dir die Bäume an. Dieses Smaragdgrün!«

Sisternes fiel ihr ins Wort. »Ich mag keine Sonnenuntergänge. Die gehören zu den Dingen, die einem unbedingt gefallen müssen. Ich akzeptiere ja die Dinge, die einem notgedrungen gefallen sollten, aber ...«

»Also akzeptierst du unsere Hochzeit, aber ...«

»Was hat denn jetzt unsere Hochzeit damit zu tun?«

»Na ja, ein bisschen notgedrungen ist sie ja auch.«

»Ich habe schließlich selbst beschlossen, dass wir heiraten. Du hast mich nicht darum gebeten.«

»Tust du es aus einem Gefühl der Ehrenhaftigkeit heraus?«

»Was ist an Ehrenhaftigkeit schlimm?«

»Davor warst du aber zufriedener.«

»Ich mache mir Sorgen. Große Sorgen.«

»Und wenn ich nicht ich wäre und du es dir anders überlegen würdest?«

»Hör endlich mit diesen vielen Wenn-Fragen auf!«

»Und was machen wir, nachdem wir geheiratet haben?«

»Eine Reise.«

»Darf ich dir etwas gestehen?«

»Nur zu.«

»Und du versprichst mir, dich nicht aufzuregen?«

»Ich rege mich nicht auf, versprochen.«

»Mir tun Paare, die eine Hochzeitsreise machen, leid. Wirklich, sie tun mir richtig leid.«

»Warum das denn?«

»Gerade du müsstest das doch eigentlich verstehen. Vorhin hast du gesagt, dass du keine Sonnenuntergänge magst, weil von einem erwartet wird, dass sie einem gefallen. Und so geht es mir mit Hochzeitsreisen.«

»Lass bitte diesen Unsinn.«

»Glaubst du denn, dir wird die Reise gefallen? Auch wenn ich ihr nichts abgewinnen kann, würde ich, wenn ich wüsste, dass du Spaß daran hast, bestimmt auch Spaß haben. Wird sie dir Spaß machen?«

»Woher soll ich das wissen?«

»Und wenn ich nicht ich wäre und mich anders entscheiden würde?«, fragte Felicita erneut.

»Du musst tun, was du für richtig hältst.«

»Ich könnte das Kind auch bekommen, ohne dass wir heiraten.«

»Dazu müsste ich wiederum ein anderer Mann sein.«

»Und wenn ich gar nicht tue, was ich für richtig halte? Wenn ich eigentlich das will, was du wolltest, bevor du dich auf diese Hochzeit und alles Weitere versteift hast? Du tust mir so leid. Wir beide tun mir leid. Aber wenigstens bin ich in dich verliebt.«

»Ich habe dir nie verschwiegen, dass ich es nicht bin.«

»Und du verstehst wirklich nicht, warum du mich nicht liebst?«

»Nein, ich verstehe es nicht.«

»Wegen meines Äußeren? Bin ich dir zu dick?«

»Wenn du mir körperlich nicht gefallen würdest, befänden wir uns nicht in der Situation, in der wir jetzt sind.«

»Bin ich dir nicht besonders sympathisch oder nicht intelligent genug?«

»Lass das. Du bist sehr sympathisch und sehr intelligent.«

»Und das Kind? Obwohl das jetzt sowieso keine Rolle mehr spielt, weil ich bereits beschlossen habe, nicht zu tun, was ich für richtig halte, und stattdessen in eine Klinik nach Cagliari zu gehen. Wie auch immer, es wird also kein Kind geben. Dann musst du dich nicht länger verpflichtet fühlen, mich zu heiraten, und die Hochzeit wird abgeblasen. Aber wenn das Kind geboren worden wäre, hättest du es dann geliebt? Oder hättest du auch das Kind nicht geliebt, ohne zu begreifen, warum? Siehst du, jetzt ist der Himmel auch nicht mehr magentarot, jetzt ist er hyazinthenblau.«

24

Am nächsten Tag klopfte Felicita ans Tor der Sisternes, um gegenüber Pietro Maria ihre Aussage zu bekräftigen, dass sie nicht heiraten würden. Er kam selbst, um ihr aufzumachen.

»Was bist du nur für ein Dickkopf.« Er seufzte verdrossen und blieb in dem halb geöffneten Tor stehen. »Müssen wir denn schon wieder darüber reden?«

»Ich wollte dir nur sagen, dass nun, da es kein Kind geben wird, auch nicht mehr die Notwendigkeit zu heiraten besteht.«

»Du musst tun, was du für richtig hältst.«

»Ich halte es für richtig nach Cagliari zu fahren, und dann wird es, wie bereits gesagt, kein Kind mehr geben. Freust du dich jetzt?«

»Ich freue mich nicht, glaube aber, dass es die richtige Entscheidung ist.«

»Müssen wir eigentlich hier zwischen Tür und Angel stehen?«

»Oh, tut mir leid. Aber ich hatte nicht mit dir gerechnet, weißt du. Das heißt, ich habe nicht *damit* gerechnet. Du hast mich wirklich überrascht, und ich bewundere dich dafür. Du bist wesentlich klüger, als ich dachte. Ich dachte eigentlich, ich würde dich kennen, und war mir sicher, dass du nie im Leben auf das Kind verzichten würdest.«

»Im Gegenteil, du kennst mich gut«, dachte Felicita im Weggehen.

Sie wartete ein paar Tage ab, aber da ihre Mutter bis spätnachts an den Kleidern für die Hochzeit und dem Hochzeitsschmuck arbeitete, konnte sie es nicht länger hinauszögern und beschloss, ihr zu sagen, dass sie nicht heiraten würde.

Sie flehte sie an, kein Drama daraus zu machen. Es sei ja nichts Schlimmes passiert, es sei einfach nur so, dass sie und Sisternes noch nicht so weit seien.

Oh, erwiderte Ester verzweifelt, sie solle ihr um Himmels willen nicht mit einer solch bodenlosen Ungeheuerlichkeit kommen! Alles sei fertig.

Aber nein. Es handele sich doch nur um die Gästeliste, das geplante Hochzeitsmenü, um Entwürfe für die Hochzeitskleider und die Dekoration, alles bislang nur auf Papier und nichts weiter als Versprechungen.

O ja. Damit habe sie genau das richtige Wort gesagt, um Versprechungen in ihrem dunklen, widrigen Leben.

Auch Raffaele versuchte, seine Frau zu beruhigen. Es sei ja nichts Schlimmes passiert, die beiden seien noch so jung und müssten sich erst besser kennenlernen. Vielleicht wäre es ohnehin keine so gute Idee gewesen, so früh zu heiraten. Eine gute Idee erscheine ihm aber das, was Felicita jetzt vorhabe, nämlich nach Cagliari umzuziehen, sich eine Arbeit zu suchen und in einer Abendschule ihr Abitur nachzuholen.

Nein! Nein! Nein! Ester schlug wild um sich, und er musste sie festhalten wie eine Besessene. Von welchem Planeten komme ihre Tochter eigentlich, wenn sie so unverschämt, so egoistisch mir nichts, dir nichts beschließe, auf diesen wunderbaren Namen Sisternes zu verzichten, um stattdessen diesen grässlichen Allerweltsnamen zu behalten, von dem es in den sardischen Telefonbüchern nur so wimmele? Von welchem Planeten stamme sie eigentlich?

»Das weiß niemand. Wir alle werden geboren, basta. So, jetzt ist es genug, ab mit euch beiden ins Bett!«, sagte Raffaele.

»Bleibst du noch auf?«, fragte Felicita ihn, als er aus dem elterlichen Schlafzimmer trat, wohin er seine Frau verfrachtet hatte, nicht ohne ihr eine gehörige Dosis Beruhigungsmittel zu verabreichen.

»Ich rauche noch eine Zigarette.«

25

Nachdem Felicita die Verlobung aufgelöst hatte, war Ester untröstlich und weinte immerzu. Ihre Haut überzog sich mit rötlichen, juckenden Pusteln, und sie bekam heftiges Fieber. Tagelang hütete sie mit feuchten Tüchern auf der Stirn im dunklen Zimmer das Bett. Ihre Schwestern sahen jeden Tag nach ihr, aber bei dem Anblick fühlten sie sich noch miserabler, weil sie sie an die vielen Wochen erinnerten, in denen sie zusammen Entwürfe für das Brautkleid ersonnen hatten.

Wenn ihr Mann oder Felicita ihr etwas zu essen bringen wollten, schickte Ester sie wieder weg. »Und, seid ihr jetzt zufrieden?«, fragte sie.

Eines Tages stand sie dann wieder auf, und unter Schluchzern, die ihr schier die Brust zerrissen, packte sie alles in einen großen Karton, die Anzeigen mit dem Adelswappen, die Stoffe und Entwürfe für das Brautkleid, den Schmuck für die Kalesche.

Vor lauter Scham ging sie nicht mehr aus dem Haus. Ein Wort, ein winziger Gegenstand, irgendetwas, was sie an die kurze Zeitspanne erinnerte, als sie zum einzigen Mal in ihrem Leben glücklich gewesen war, genügte, um sie abermals untröstlich weinen zu lassen.

Noch lange, nachdem das Schlimmste überstanden war, machte Ester mit einem tieftraurigen Gefühl in der Brust einen großen Bogen um das Haus der Sisternes, in dem, wenn alles gekommen wäre, wie es hätte kommen sollen, ihre Tochter gewohnt hätte, das aber nun für immer ein großes Geheimnis bleiben würde.

Und mit der gleichen Traurigkeit streifte sie über die Felder außerhalb des Dorfs und ließ unter einem Himmel, dessen Blau immer anders aussah, und inmitten der bis zum Horizont reichenden Grün- und Gelbtöne den Blick über die Ländereien der verloren gegangenen reichen adeligen Verwandten schweifen.

26

An einem regnerischen, windigen Tag fuhr Felicita nach Cagliari zu der Adresse, die sie in einer Zeitungsanzeige gefunden hatte. Tropfnass stand sie vor der Tür, und zu ihren Füßen hatte sich bereits eine Pfütze gebildet.

Die Vermieterin, eine junge dürre Frau mit Bubikopf und Brille, sah sich einem Mädchen in einem sackartigen Kleid gegenüber, mit fleckigen Mokassins an den großen, breiten Füßen, Augen wie die eines traurigen Clowns, da die Wimperntusche im Regen zerlaufen war, und mit Haaren, die außerordentlich voll sein mussten, denn obwohl sie völlig durchnässt waren, klebten sie nicht am Schädel.

Die Vermieterin sagte, es tue ihr leid, aber sie könne sie nicht hereinlassen, da sie soeben die Böden gewischt habe. Im Übrigen sei die Angabe in der Anzeige nicht ganz richtig gewesen, es handele sich nicht um ein Zimmer, sondern um ein kleines Apartment im ersten Stock.

»Zu dem angegebenen Preis?«

»Sicher.«

»Gut, dann komme ich morgen wieder. Dann bringe ich auch einen Regenschirm mit, ich muss unbedingt daran denken. Den vergesse ich nämlich immer. Obwohl er heute nichts genutzt hätte, der Wind hätte ihn bestimmt verbogen, und er wäre nicht mehr zu gebrauchen gewesen.«

»Nun, deswegen ist es wichtig, sich einen soliden Regenschirm zu kaufen. Hier in Cagliari weht immer ein Wind. Selten, dass der Regen gerade herabfällt. Woher kommen Sie? Sie haben einen Festlandakzent.«

»Stimmt, ich bin in Norditalien geboren und aufgewachsen, aber inzwischen lebe ich in einem Dorf im Campidano. Gut, dann fahre ich mit dem Bus nach Hause und komme morgen wieder. Und wer weiß, vielleicht habe ich bis dahin ja einen Regenschirm gekauft, der sich nicht verbiegt. Aber dürfte ich Sie noch um etwas bitten? Könnten Sie mir das Apartment beschreiben?«

Es sei genau halb so groß wie ihre Wohnung im Erdgeschoss, erklärte die junge Frau. Dazu gehöre eine kleine Küche und ein Bad – im Grunde nicht mehr als eine Toilette mit Dusche –, beides mit Fenster zum Innenhof, und ein ziemlich großes Zimmer zur Straße, wobei es sich eher um eine feuchte Gasse als eine Straße handele. Auch die Benutzung einer kleinen Dachterrasse sei inbegriffen, erreichbar über die Haupttreppe. Das Zimmer werde durch eine Glastür in zwei Räume geteilt, in ein fensterloses Esszimmer und ein Schlafzimmer.

Das hörte sich nach einer sehr schönen kleinen Wohnung an, fand Felicita.

»Welche Farbe hat die Glastür?«

»Der Rahmen ist braun.«

»Hätten Sie was dagegen, wenn ich ihn in Türkis streichen würde? So wie in arabischen Häusern, denn dieses Viertel hat ja auch was Arabisches.«

»Ja, leider. Diese verdammten arabischen Nachbarn haben einen Streifen der Terrasse in Beschlag genommen. Er ist fünfzig Zentimeter breit und geht über die ganze Länge der Terrasse, also keine Kleinigkeit. Wie auch immer, die Terrasse ist zum Wäscheaufhängen da, und wir würden sie uns teilen, zwei Leinen für mich, zwei für Sie. Übrigens, falls Sie tatsächlich hier einziehen sollten, denken Sie bitte daran, sie nicht zu grüßen, die Nachbarn. Wie gesagt, sie haben einfach ein Stück meines Hauses in Besitz genommen, um ihre Wäsche aufzuhängen, ohne etwas zu bezahlen. Ich habe zu ihnen gesagt: In Ordnung, ihr könnt eure Wäsche dort aufhängen, bis ihr eine andere Möglichkeit gefunden habt. Aber sie haben gar nicht erst nach einer anderen Möglichkeit gesucht, und damit sich meine Wäsche nicht mit ihrer vermischt, habe ich irgendwann ein Netz gespannt. Ich sehe schon, Sie sind ein nettes Mädchen, also werden Sie ja nicht vertraulich mit ihnen, das heißt, grüßen Sie sie nicht, falls Sie sich beim Wäscheaufhängen zufällig begegnen. Aber jetzt fahren Sie besser nach Hause. Ist es weit bis in Ihr Dorf? Nicht dass Sie sich erkälten.«

»O nein, ich werde nie krank.«

»Sind Sie zum ersten Mal in Cagliari?«

»Nein, ich komme oft her, zur Versammlung meiner Partei.«

»Welcher Partei?«

»Der PCI. Ich bin Kommunistin.«

»Ach so? Und warum?«

»Weil die für soziale Gerechtigkeit und Gleichheit eintreten.«

»Wollen Sie vielleicht was Warmes trinken? Oder ein Glas Wasser?«

»Gern, ein Glas Wasser bitte«, sagte Felicita. »Sieht man von der Wohnung aus das Meer?«

»Ja, man sieht es, das heißt einen kleinen Ausschnitt, und zwar vom Fenster zur Gasse hinaus.«

»Auch die Schiffe?«

»Ausschnitte von Schiffen so breit wie die Gasse.«

»Ah, das Meer und die Schiffe!«

»Wie gesagt, man sieht genauso viel vom Meer und den Schiffen, wie die Gasse breit ist. Sie tropfen jetzt übrigens nicht mehr. Wenn Sie die Schuhe ausziehen, können Sie hereinkommen, dann bekommen Sie von mir ein Paar Pantoffeln und ein Glas Wasser.«

Sie betraten das Haus, und die Vermieterin forderte Felicita auf, sich an den Tisch zu setzen. Die Wohnung war nahezu leer, schätzungsweise sechzig Quadratmeter Nichts. Abgesehen von einem Gasherd, einem Kühlschrank, einem Tisch mit vier Stühlen, ein paar vor Büchern überquellenden Regalen, die Felicita durch die einen Spaltbreit geöffnete Tür erkennen konnte, gab es nichts. Keine Vase, kein Bild, kein gerahmtes Foto, keinen Nippes, kein Kissen. Als wäre es die Wohnung eines Findelkindes, das bis vor Kurzem noch in einem Waisenhaus gelebt hatte.

»Es wäre natürlich ein großes Glück für mich, wenn ich die Sache mit der Wohnung heute noch abschließen könnte.«

»Ah, was ich Ihnen noch sagen sollte, damit Sie morgen vielleicht nicht umsonst herkommen müssen ... Die Gerüche in diesem Viertel sind nicht gut. Die Italiener, die hier wohnen, kochen immer nur Blumenkohl und billigen frittierten Fisch, von der Sorte, die besonders unangenehm riecht, und die Araber tun überall Knoblauch und ihre merkwürdigen Gewürze rein, die genauso stinken.«

Dann schwieg die Vermieterin, die ihr gegenüber am Tisch Platz genommen hatte, das Kinn auf die gefalteten Hände gestützt.

»Gut, vielleicht sollte ich ein bisschen was von mir erzählen. Es ist eigentlich eine lange Geschichte, aber ich versuche, mich kurz zu fassen. Ich war, oder bin es vielleicht immer noch, mit einem Jungen zusammen, von dem ich schwanger bin. Er ist ein anständiger Mensch, vielleicht ein bisschen zu sehr, denn er sieht nur zwei Möglichkeiten, entweder werde ich das Kind los, also treibe ab, oder wir heiraten. Ich möchte aber das Kind behalten und trotzdem nicht heiraten. Möchten Sie wissen, warum ich ihn nicht heiraten will?«

»Ich möchte gar nichts wissen.«

»Ich liebe ihn, er liebt mich nicht. Er will mich heiraten, weil er sich moralisch dazu verpflichtet fühlt, wegen des Kindes. Er sagt, er würde alles darum geben, sich in mich verlieben zu können, aber es gelingt ihm einfach nicht. Er glaubt, ich sei nach Cagliari gefahren, um in einer Klinik abzutreiben. Aber das will ich nicht. Ich habe mir einen Plan zurechtgelegt: Ich werde ihm sagen, dass ich nach der Abtreibung für eine gewisse Zeit allein sein muss, um über alles nachzudenken. Da er mich ja nicht liebt, wird er mich bestimmt bald vergessen. Oder aber er vermisst mich, und ihm wird klar, dass er mich doch liebt. Meiner Mutter, die auf keinen Fall von dem Kind wissen darf, habe ich erzählt, dass ich in einer Abendschule meinen Abschluss nachholen will; mein Vater hingegen kennt meine wahren Pläne und hat mir versprochen, mich zu unterstützen. Wie auch immer, zu meinem Plan gehört auch, dass ich mir eine Arbeit suche, vielleicht als Haushaltshilfe, bis das Kind geboren wird. Wobei Haushaltshilfe vielleicht doch nicht das Richtige ist, die Arbeit ist zu schwer und zu riskant für die Schwangerschaft. Babysitter kommt auch nicht infrage, ich könnte mich bei den Kindern mit Röteln anstecken, die hatte ich nämlich noch nicht. Aber ich kann viele andere Dinge, die meine Mutter mir beigebracht hat, und ich hab da auch schon eine Idee: Geschenk- und Haushaltsartikel herstellen. Ich bin gut darin, neue Dinge aus Sachen zu machen, die andere Leute wegwerfen. Schmuck für den Weihnachtsbaum oder die Krippe. An Ostern mache ich Eier aus Schokolade und wickele sie hübsch ein. Sie sollten mal die Wunderwerke sehen, die meine Mutter für Weihnachten und andere Feste zaubert. Aber ich habe, wie gesagt, auch ein Händchen dafür. Abgesehen von Dekoration für spezielle Gelegenheiten stellen wir auch Gebrauchsgegenstände her. Aus Kartons werden zum Beispiel Schubladen und kleine Kommoden, aus leeren Klopapierrollen hübsche Stiftehalter, aus Konservendosen dekorative Becher oder Aschenbecher, aus Flaschen Lampenständer und, was noch … ah ja, aus Eisbehältern Suppenschüsseln, aus Zeitungspapier Papierblumen, für jedes Blütenblatt eine gute Nachricht. Das ist eine Spezialität von mir, weil meine Mutter Pessimistin ist und meint, sie findet nie irgendwelche guten Nachrichten in der Zeitung. Aber es gibt sie. Man muss nur mit viel Geduld die Seiten durchforsten. Meine Mutter hat auch nicht den Mut, ihre Kreationen im Dorf zum Verkauf anzubieten. Aber hier in der Stadt könnte ich es versuchen. Wobei ich, wie gesagt, auch versuchen möchte, in einer Abendschule meinen Abschluss zu machen.«

»Was für einen Abschluss?«

»Abitur, humanistisches Gymnasium. Bei uns auf dem Land gibt es kein anderes, es wird von Patres geleitet. Die Lehrer sind wirklich gut, legen aber vor allem Wert auf Latein und Griechisch, und ausgerechnet in diesen Fächern bin ich schlecht. Das Übersetzen ist mir schon immer schwergefallen. Zum Beispiel folgender Satz: ›Und nachdem die Hopliten nach vielen Schlachten und Verlusten, aber ehrenhaft den Feind dazu gezwungen hatten, einen Waffenstillstand zu schließen‹ Punkt. Und wo ist bitte schön der Hauptsatz? Was, zum Teufel, machen die Hopliten danach? Und was für ein Versmaß soll das sein? Das mit dem Versmaß ist wirklich zum Verzweifeln. Ich mag nur schöne Literatur.«

»Ich unterrichte Italienisch an einem humanistischen Gymnasium und kann Ihnen versichern, dass es keine Abendkurse für diese Schulart gibt.«

»Und was ist Ihr Lieblingsdichter? Ich meine keine altgriechischen oder römischen, sondern italienische.«

»Leopardi.«

»Das ist auch mein Lieblingsdichter, ich mag ihn wirklich sehr, ich kenne viele seiner Gedichte auswendig, finde aber, dass er nicht immer recht hat. Zum Beispiel in seinem *Dialog zwischen der Natur und einem Isländer*: Es gibt keinen Ort auf der Welt, wo sich dieser arme Isländer wohlfühlt. Er ist genau wie meine Mutter. Bei allem Respekt gegenüber Leopardi finde ich, dass genau das Gegenteil der Fall ist, nämlich dass es keinen Ort auf der Welt gibt, wo man sich nicht wohlfühlen kann.«

»Da bin ich anderer Meinung. Ich glaube, Leopardi hat in allem recht, aber nicht nur aus diesem Grund ist er mein Lieblingsdichter. Ich habe Sie übrigens noch gar nicht nach Ihrem Namen gefragt.«

»Felicita, nach meinem Onkel Felice, der trotz seines Namens sehr unglücklich war und sich das Leben genommen hat. Wie *felicità*, aber ohne Akzent.

»Also fehlt nur noch der Akzent zum Glück!«

27

Die Vermieterin, die Felicita inzwischen mit Marianna ansprach, blieb in der Tür stehen, weil sie nicht stören wollte. Sie wolle nur mal sehen, ob ihre Mieterin im ersten Stock noch lebe und ob das werdende Kind schon Zeichen aus der anderen Welt gesandt habe, meinte sie.

Die ersten drei Schwangerschaftsmonate waren fast vorbei, und Felicita hatte beschlossen, den ganzen Tag im Bett zu bleiben, weil die Kinder, die sich davonmachen wollen, dies ja bekanntlich meistens in den ersten drei Monaten tun, wenn sie aber bleiben, heißt das, dass sie sich dafür entschieden haben, auf diese Welt zu kommen. Es ging ihr nicht schlecht, sie hatte keinerlei Beschwerden, sondern hatte nur diese fixe Idee, das Kind sei noch unentschlossen, ob es sich für diese Welt entscheiden oder doch lieber in der anderen bleiben sollte.

»So was habe ich ja noch nie gehört.« Marianna sah sie missmutig an, während sie noch immer auf der Schwelle verharrte. »Wie auch immer, was soll ich Ihnen zu essen kaufen? Was mögen Sie gern? Welche Gerichte könnten Ihren Jungen – wir hoffen doch, dass es ein Junge wird, ein Mädchen würde ich nämlich nicht ertragen – davon überzeugen, aus seiner Welt in unsere umzuziehen?«

»Egal, irgendwas.«

»Gut, dann also irgendwas.«

»Oder aber ...«

»Oder aber ...?«

»Schafschinken, Blutwurst und Schweineschmalz.«

»Gut, dass Sie mir das gesagt haben. Wobei, genau diese Art von Einkäufen schwebten mir vor, und zwar für eine Frau, die im dritten Monat mit einem Außerirdischen schwanger ist, der noch nicht weiß, ob er auf diese Welt kommen will.«

Für sich selbst kaufte Marianna nie etwas zu essen ein. Sie ernährte sich von Imbissgerichten, die sie im Gehen direkt aus dem Einwickelpapier oder der Plastikschale verzehrte. Den wenigen Worten, die sie hin und wieder wechselten, hatte Felicita entnommen, dass sie sich nach dem Essen häufig erbrach. Daher war sie so mager, eine Bohnenstange mit einer übergroßen Brille im Gesicht. Und als Marianna am 2. November mit zwei riesigen Blumensträußen in der Wohnung im ersten Stock erschienen war, die sie auf den Friedhof bringen wollte, hatte Felicita erfahren, dass sie niemanden mehr auf der Welt hatte und an Allerseelen ein kleines Vermögen für Blumen ausgab, doch spare sie das Geld bei Geburtstagsgeschenken ja wieder ein, fügte sie hinzu. *»Hahaha!«*

»Nicht einmal ein Geburtstagsgeschenk für eine Freundin?«, fragte Felicita, die Decke bis zum Kinn hochgezogen.

Nein, Frauen ertrage sie nicht, es gebe zu viele von ihnen, und sie stürben sehr viel später als die Männer. Am liebsten würde sie ein paar von ihnen um die Ecke bringen, um dieses Ungleichgewicht zu beheben.

»Na gut, dann eben ein Geburtstagsgeschenk für einen Freund?«

Auch nicht, Männer hätten einen schlechten Charakter. Die ganze Menschheit sei schlecht. Manchmal könne sie gewisse

Leute auf der Straße nicht ertragen, die so lächerlich seien, dass sie sie am liebsten aus dem Weg räumen würde. Daher, *hahaha,* gebe sie kein Geld für Geschenke für die Lebenden aus.

Und so erfuhr Felicita Mariannas Geschichte: Ihre Eltern waren gestorben, zuerst ihr Vater, dann ihre Mutter, sie hatte keine Geschwister. Auch ihre anderen Verwandten waren mittlerweile tot. Sie bringe diese Blumen aufs Grab, damit keiner von den üblichen Wichtigtuern unter den Friedhofsbesuchern auf die Idee komme, eine verkümmerte oder heruntergefallene Blume daraufzulegen, weil das Grab ohne Blumenschmuck war. Aber ihre Mutter habe selbst das nicht verdient, meinte sie. Sie hatte sie aus dem Haus vertrieben, damit sie einer Tante, der Schwester der Mutter, Gesellschaft leistete, die mit einem stinkreichen und sehr viel älteren Mann verheiratet war, der ihr ein Vermögen hinterließ. Beim Tod des Schwagers war die Mutter bereits Witwe, doch im Unterschied zu ihrer Schwester, einer reichen Erbin, mittellos. Daher schlug diese vor, ihr das Kind zu überlassen. Mit der Aussicht, dass sie Marianna eines Tages ihr ganzes Vermögen vermachen würde.

In der Gewissheit, dass sie nach einem Besuch von ein paar Stunden wieder gehen konnte, war Marianna die Villa der Tante früher immer wie ein märchenhafter Ort erschienen. Sie spielte im Garten, wobei das stark untertrieben war, handelte es sich doch um einen fünfzigtausend Quadratmeter großen Park, wo sie Schiffchen auf dem Springbrunnen fahren ließ und im Haus von einem Salon zum nächsten und die breite Treppe hinauf- und hinabrannte. Sie stellte sich an eines der Fenster in dem kleinen Turm und winkte begeistert ihrer Mama und ihrer Tante zu, die bei schönem Wetter an einem weißen Tisch im Park beratschlagten und sich von einem rosa gekleideten Zimmermädchen mit einem Servierhäubchen bedienen ließen.

Aber an dem Tag, als die Tante sie mit einem Koffer und ihrer Lieblingspuppe in die Villa mitnahm, wo ein Zimmer mit einer Verbindungstür zu jenem der Tante auf sie wartete, wurde ihr klar, dass sie in einem Gefängnis gelandet war, und hasste von da an alles, was sie bislang so geliebt hatte.

Kurzum, sie war verkauft worden. Denn ihre Mutter hatte nie verwunden, dass ihre Schwester im Gegensatz zu ihr so viel Glück gehabt hatte. Auf diese Weise würde, so dachte sie, deren Reichtum, wenn er denn eines Tages nach langwierigen Bemühungen der eigenen Tochter in die Hände fiele, wenigstens dorthin gelangen, wo sie ihn haben wollte.

Im Haus der Tante wurde der Fernseher früh am Abend wieder ausgemacht, weil am nächsten Morgen Schule war. Nie durften ihre Klassenkameradinnen sie besuchen, um gemeinsam Hausaufgaben zu machen, was in den Augen der Tante das Gleiche war wie sie nicht zu machen, denn sie würden die Zeit ohnehin nur mit Plappern vertun. Nie verzieh die Tante ihr einen Fehler, sie akzeptierte weder Entschuldigungen noch Erklärungen, sodass jeder Fehler für immer und ewig bestehen blieb.

Die sympathischsten Menschen in ihrem Haus waren die Bediensteten, von denen jeder auf eine ganz bestimmte Aufgabe spezialisiert war. Aber sie wohnten nicht in der Villa, sondern gingen abends nach Hause. Auch durfte sie sich nicht mit ihnen einlassen. Die Tante war eingebildet und voller Hochmut, eine typische Neureiche eben oder, wie die Franzosen sagten, ein *Parvenu*. Sommers wie winters musste Marianna nachmittags um fünf Uhr zu Hause sein, daher war es für sie unmöglich, hin und wieder ein Schulfest zu besuchen, wo sie vielleicht einen Jungen kennengelernt hätte. Wenn die Nichte telefonierte, schritt ihre Tante mit feindseliger Miene vor ihr auf und ab, um anhand des Timbres herauszuhören, ob die Stimme am anderen Ende der Leitung männlich war.

Nur ein einziges Mal versuchte Marianna zu fliehen. Statt in die Schule zu gehen, bummelte sie durch die Straßen. Sie kaufte sich etwas Süßes, denn damals ekelte sie sich noch nicht vor dem Essen, dann nahm sie den Bus und fuhr zu sich nach Hause. Ihre Mutter bereitete ihr jedoch einen kühlen Empfang und ermahnte sie gar, ja nicht zu krümeln, denn sie habe gerade erst die Böden gewischt. Sie ließ sie quasi vor der Haustür stehen.

Danach kam es zu keiner weiteren Rebellion, sondern Marianna schickte sich in das Offensichtliche: Die Welt war schlecht, und es war besser, gar nicht erst geboren zu werden. Die Menschen haben im Grunde nur die Wahl, von einem Ort, wo es ihnen schlecht geht, an einen anderen Ort zu wechseln, wo es ihnen genauso schlecht geht. Genau wie der Isländer bei Leopardi.

Und so kam es, dass sie nach ihrem Examen und mit ihrem allerersten Gehalt ihre Sachen und Bücher kurzerhand in einen Koffer stopfte und das Haus ihrer Tante verließ, um diese nie wiederzusehen. Und die Mutter sah sie auch nicht wieder. Diese war kurz vor ihrem Tod vom Notar informiert worden, dass ihre Schwester in Ermangelung anderer Erben, denn ihre Nichte zählte nicht für sie, die Villa einem Altenheim für Bedürftige vermachen würde. *Hahaha!* Recht geschah es ihrer Mutter: Sie war mit der Gewissheit gestorben, dass alles keinen Zweck gehabt hatte.

Für Marianna war dieser Abschnitt indes die schönste Zeit ihres Lebens. Nach so vielen Jahren der Gefangenschaft erschien ihr die Hafengegend sogar als reizvolles Viertel, trotz der winzigen, erbärmlichen Läden, der zahllosen arabischen Immigranten, der Armut und der heruntergekommenen Häuser. Wohin man auch sah, kaputte Fenster, bröckelnde Gesimse, Souterrainbehausungen, deren einzige Licht- und Luftquelle die direkt auf die Straße gehenden Wohnungstüren waren, durch die man einen Blick auf mit Wachstüchern bedeckte Tische erhaschte, mit Töpfen und Plastikblumen darauf, auf Stühle und zerschlissene Sofas, die mit gehäkelten Wollresten gefüllt waren, und auf unentwegt laufende Fernseher. Und überall stank es nach Knoblauch, Bratenfett und Abfall.

Ihre Tante war inzwischen ans Bett gefesselt, wie sie wusste. Das geschah ihr recht.

Marianna war hartherzig geworden. Niemand mochte sie, und sie mochte niemanden. Nie empfing sie zu Hause Gäste. Nie gab sie Bedürftigen Almosen. Wegen eines ihr streitig gemachten Quadratmeters Terrasse grüßte sie die arabischen Nachbarn nicht mehr. Wenn jemand sie um einen Gefallen bat, war es immer genau im falschen Moment, wenn sie leider überhaupt nicht konnte, und kaum war derjenige um die Ecke, platzte sie heraus: »Sieh zu, dass du allein zurechtkommst.«

Ihre Hartherzigkeit war die Hypothek, mit der ihre Mutter sie belastet hatte, als sie ihre Tochter an die Tante verkaufte. Andererseits, dachte Felicita, gab es Menschen, denen das Leben übel mitgespielt hat und die trotzdem weichherzig geblieben sind. Oder traf das nur auf Heilige zu?

28

Felicita fand, dass ihr Kind allen Grund dazu hatte, unschlüssig zu sein, ob es auf die Welt kommen sollte. Schließlich war das Leben der Menschen nichts anderes als die Suche nach dem Glück, die sich für gewöhnlich als strapaziöse Reise entpuppte. Unterwegs verzagten sie oftmals und fragten sich, ob es tatsächlich der Mühe wert war, sich in dieser Welt abzustrampeln.

Und dennoch hatte ihr Kind, dieses unentschlossene außerirdische Wesen, unter allen Planeten ausgerechnet diese im Niedergang begriffene Welt ausgewählt und unter allen Bäuchen, in denen es sich in einen Menschen verwandeln konnte, ausgerechnet den von Felicita.

»Kein geistig gesundes Ungeborenes würde beschließen, auf die Welt zu kommen«, sagte Marianna und rümpfte abfällig die Nase. »Und nachdem sie auf die Welt gekommen sind, müssen all diese Irren auch noch so tun, als wären sie normal.«

Trotzdem hatte Marianna schon ein Bienen-Mobile für die Wiege gekauft, die tanzten, sangen und musizierten.

»Um es für sein *Menschsein zu trösten*«, hatte sie erklärt.

Felicita hingegen war überzeugt, dass sich ihr Kind schon irgendwie arrangieren würde. Zuerst mit den tanzenden und singenden Bienen, und auf der strapaziösen Reise, die vor ihm lag und auf der es das Ziel seines Lebens, nämlich das Glück, garantiert nicht erreichte, würde es unterwegs irgendwo Rast machen und sich ausruhen. Und zwar an einem Ort, der noch nicht verwahrlost war und wo die Menschen ebenfalls nicht ganz richtig im Kopf waren und ein bisschen ihm, dem Alien, ähnelten, weil sie mit ihrem Entschluss, auf die Welt zu kommen, genau die gleiche Torheit begangen hatten wie es.

Es würde Gefährten finden. Es würde Kompromisse eingehen, weil es sich als Teil des großen Ganzen fühlte: Die anderen sind ich, ich bin die anderen. Wenn es ihm schlecht ging, würde es jemanden zum Anlehnen haben. Und es würde auch schöne Momente geben. Egal, was Leopardi geschrieben hatte. Es würde sich verlieben, würde hin und wieder lachen. Und jemanden lieben.

Vielleicht würde es sich für Musik begeistern wie sein Großvater und sein Vater. Mittels der Musik würde es Dinge begreifen, die man andernfalls nicht begreifen kann.

Schließlich würde es das Gute gegen das Böse in der Welt abwägen und zu dem Schluss kommen, dass die Reise für die Guten nicht ganz so anstrengend war. Weil alles, was man über die Guten sagte, nämlich dass sie schwachsinnig seien, ein einziger großer Quatsch war. Wenn nicht die Guten und das Schöne siegen, wäre dann nicht längst alles vorbei? Welcher Außerirdische, mochte er noch so wahnsinnig sein, würde sonst auf die Idee kommen, sich eingeschlossen in einem Bauch in einen Menschen zu verwandeln?

Aber ein paar Stunden nach der Geburt schien es, als hätte es sich Gregorio, so hieß der Außerirdische, plötzlich anders überlegt. Er verweigerte die Nahrung und spuckte die Milch wieder aus. Eilig wurde er auf die Säuglingsstation verlegt, wo sich auch Marianna, Raffaele und Ester einfanden, wobei Letztere erst jetzt von der Schwangerschaft ihrer Tochter erfahren hatte.

Während ein Arzt das Neugeborene untersuchte, saßen die vier im Wartezimmer, Felicita im Wöchnerinnenkittel, Raffaele mit aus der Hose heraushängendem Hemd, Ester außer sich und am Rande einer Ohnmacht.

»Ich frage mich, warum ihr die Menschen dazu zwingen müsst, auf die Welt zu kommen«, sagte Marianna in vorwurfsvollem Ton zu Felicita.

»Wenn meine Tochter diesem armen Wesen einen Vater gegönnt hätte, wäre alles anders gekommen«, erwiderte Ester mit kaum hörbarer Stimme.

»Nein, sie hat gut daran getan, dieses Kind zu kriegen und den Sohn von Donna Dolores nicht zu heiraten, der sie nicht geliebt hat«, fuhr Raffaele seiner Frau über den Mund.

»Ach, hör doch auf! Jetzt ist Gregorio da, und sie wird ihn schon heiraten. Natürlich wird sie das. Wie kannst du nur zu ihr sagen, sie hätte richtig gehandelt, ihn nicht zu heiraten … Das Wohl des Kindes ist euch wohl egal?«

»Papa, glaubst du, das Kind wird sterben?«

»Nein, ich glaube, das war nur ein Versuch. Kann man es ihm verübeln? Es sehnt sich eben nach einer anderen Welt. Einer perfekten Welt. Daran leiden wir doch alle. Aber dann finden wir uns irgendwie zurecht. Auch Gregorio wird sich zurechtfinden. Bestimmt spürt er, dass wir hier draußen auf ihn warten und dass wir ihn lieben. Vielleicht reicht ihm das bereits, um zu beschließen, hierzubleiben.«

»Hast du gesehen? Marianna hat ihm sogar Hemdchen mit der Aufschrift *Viel Glück* mitgebracht.«

»Ja. Und Gregorio wird Glück haben. Weil er ganz sicher ein guter Mensch ist. Und die Guten haben immer Glück.«

Der Arzt kam mit dem Kind auf dem Arm aus dem Behandlungszimmer und sagte, sie würden noch ein paar letzte Untersuchungen durchführen, aber seines Erachtens sei Gregorio rundherum gesund, und die Milch komme nur deshalb wieder über die Nase heraus und drohe ihn zu ersticken, weil er aufgeregt sei.

»Klar, er ist wütend. Wer wäre das nicht?«, warf Marianna ein.

Doch sie hatte zu Hause schon alles für das Kind vorbereitet. An alles hatte sie gedacht. Als Mutter und Kind ein paar Tage später entlassen wurden, rannte sie ihnen auf der Treppe voraus nach oben und stieß mit einem strahlenden Lächeln die Tür zu einer perfekten Welt auf.

»›Du weißt doch sicher, welchem holden Lieb/Der Lenz zulächeln mag‹«, rezitierte Felicita einen Vers von Leopardi und betrat ihre Wohnung.

29

Kaum hatte er laufen gelernt, versuchte Gregorio zu fliehen. Und sollte es noch lange immer wieder tun …

Eines Tages, als er schon in die Grundschule ging, sagte die Lehrerin zu Felicita, dass das Kind schon wieder weggelaufen sei.

»Unter diesen Umständen kann ich ihn bei den Proben zur Schulaufführung nicht mitmachen lassen, denn sobald er abgelenkt ist, verschwindet er durch eine Tür, und weg ist er. Sie werden bestimmt verstehen, dass ich ihm keine Rolle geben kann. Ich könnte ihn allenfalls irgendetwas in der Hand halten lassen, zum Beispiel Beeren. Meinen Sie, ob er das könnte, ein paar Beeren in der Hand halten?«

Felicita war untröstlich und ließ den Kopf hängen, ohne etwas zu sagen.

Bei einer Schulaufführung, fuhr die Lehrerin fort und war offensichtlich ganz in ihrem Element, sei es, als würde wie durch ein Wunder aus all den verschiedenen Körpern ein einziger werden. Doch leider hätten die Kinder, mit denen Felicitas Junge hin und wieder spiele, immer gleich genug von seinem komischen Wesen und ließen ihn wütend stehen. Und dann laufe Gregorio davon. Kaum lasse man ihn mit den anderen in den Garten hinaus zum Spielen – und der Schulgarten sei wirklich sehr schön, weiches Gras, schattige Bäume –, renne er schnurstracks zum Tor hinaus. Deswegen müssten sie es seinetwegen immer zumachen, aber dann versuche er, sich hinaufzuhangeln und darüberzuklettern. Warum er denn immer weglaufe? Gefalle es ihm in ihrer Schule nicht? Oder gefalle ihm die Welt nicht? Wie auch immer, es sei wichtig, dass er lerne, sich in eine Gruppe einzufügen. Er laufe hinter den Schulkameraden her wie ein schwanzwedelndes Hündchen, das spielen wolle. Aber die anderen wollten ihn nicht dabeihaben. Wann immer sie mal kurz das Klassenzimmer verlassen müsse und ein, zwei Schüler an die Tafel rufe, um währenddessen zu notieren, wer brav und wer unartig gewesen sei, finde sich sein Name in schöner Regelmäßigkeit unter den Unartigen wieder. Auch sei er mit allem hoffnungslos hintenan, er könne noch immer nicht die Schnürsenkel binden oder die Jacke zuknöpfen, kurzum, sich selbstständig anziehen. Was er denn in seiner Freizeit so mache? Ob er an keinerlei Aktivitäten teilnehme? Interessiere er sich denn für gar nichts?

»Doch, Musik! Wenn Sie wüssten, wie lange er vorm Klavier sitzt und wie eifrig er übt, wenn ich ihn zum Klavierunterricht bringe.«

»Klavier, ach wirklich?«

»Einmal hat ihm jemand ein Kinderklavier geschenkt, so ein kleines« – sie zeigte mit den Händen die Größe –, »und dafür hat er sich so sehr begeistert, dass er unbedingt ein großes haben wollte. Er hat gesagt, dass er für immer auf Spielzeug verzichten würde, wenn ich ihm ein richtiges Klavier kaufe.«

Aber die Lehrerin fand, das sei keine gute Idee, wenn er stundenlang immer allein dasitze und übe. Das Kind müsse unbedingt soziales Verhalten lernen. Sie würde ihr raten, das Klavier zu vergessen und ihren Sohn stattdessen in einer Mannschaftssportart anzumelden.

»Aber er mag keinen Sport.« Felicita war untröstlich. »Nur Klavierspielen gefällt ihm. Sie haben doch eins in der Schule. Statt ihn bei der Aufführung ein paar Beeren halten zu lassen, könnten Sie ihm da nicht erlauben, ein Lied zu spielen? Dann wird er bestimmt nicht weglaufen.«

Das sei völlig unmöglich, sagte die Lehrerin abschließend, der Junge würde einen Beerenzweig in der Hand halten.

»Gut«, erwiderte Felicita, »dann stehle ich Ihnen nicht länger Ihre Zeit.«

Sie drehte sich abrupt um, ließ die Lehrerin stehen und ging davon.

Um sich ihren Groll von der Seele zu reden, schilderte sie Marianna das Gespräch, bereute es aber sofort, denn ihre Freundin reagierte genau wie früher Ester, wenn Felicita so unvorsichtig gewesen war, ihr zu erzählen, dass ihre Schulkameradinnen sie verspotteten. Sie würde sich an dieser Lehrerin rächen, das schwor sie sich, weil sie nicht bemerkt hatte, was für ein Genie ihr Kind war.

Und so wurde Gregorios Lehrerin zu ihrem Lieblingssündenbock, und wann immer ihr zu Ohren kam, dass es mit jemandem ein schlimmes Ende genommen habe, lautete Mariannas Kommentar: »Genauso soll es der Lehrerin von Gregorio ergehen.«

30

Im Winter wurde es schon am frühen Nachmittag dunkel, und Dora und Gregorio mussten in der Vorhalle des Schwimmbads warten, bis ein Elternteil sie abholte. Immer kam Dora als Erste aus der Umkleide und setzte sich auf eine Bank.

Sie zog Heft und Federmäppchen aus dem kleinen Rucksack und erledigte, während sie darauf wartete, dass Gregorio aus der Jungenumkleide auftauchte, ihre Hausaufgaben. Obwohl sie lange Haare hatte und mehrmals eine Münze in den Fön werfen musste, um sie zu trocknen, und Gregorio kurze Haare und nur eine Münze zum Trocknen brauchte, war sie immer eher fertig als er.

Oft kam Gregorio erst heraus, wenn schon die nächste Gruppe mit dem Schwimmunterricht fertig war, aber sie wartete geduldig, weil sie wusste, sie war die einzige Freundin dieses sonderbaren Jungen.

Sie hatten sich quasi im Säuglingsalter kennengelernt. Dora hatte schon zu laufen begonnen, als er noch nicht stehen konnte, aber wenn sie zusammen waren, krabbelte auch sie auf allen vieren. Erst in der Grundschule hatte Gregorio gelernt, sich die Schnürsenkel zu binden, aber sie gingen jedes Mal wieder auf, und wenn Dora in der Nähe war, kniete sie sich hin und band sie ihm so, dass sie hielten.

In der Schule wollten alle neben ihr sitzen, aber niemand

neben ihm, und wenn es ihm trotzdem einmal gelang, Anschluss an andere zu finden, hatten die Kinder bald die Nase voll, vor allem beim Fußball, wenn er sich an den T-Shirts der gegnerischen Spieler festklammerte oder wenn er hinter den Kindern, denen er zeigen wollte, dass er sie mochte, hinterherlief wie sonst immer den Tauben.

Dora hingegen mochten alle. Aus dem Nichts erfand sie Spiele, zum Beispiel genügten ihr, wenn sie am Meer war, zwei vom Wasser polierte Flaschenscherben, um so zu tun, als hätte sie ein Juweliergeschäft, und zu Hause ein Löffel voll roher Nudeln für ein Restaurantspiel. Sie war witzig und wortgewandt. Sogar Erwachsene bezogen sie gern in ihre Gespräche mit ein.

Bei jeder Gelegenheit halste man ihr den sonderbaren Jungen auf, mit dem sich niemand abgeben wollte, aber sie ließ ihn nie verärgert stehen. Sie war neugierig, warum Gregorio so war, wie er war. Warum versuchte er ständig, wegzulaufen? Warum zog er sich nicht aus, bevor er ins Meer sprang? Und warum lief er in einem Park, wo es so schöne Rasenflächen, kleine Blumenbeete und schattige Bäume gab, wie zum Beispiel im Stadtpark, schnurstracks wieder zum Tor hinaus?

»Du bist immer so nett zu mir!«

»Klar«, erwiderte Dora.

»Wirst du immer so nett zu mir sein?«

»Ja, immer.«

»Und du wirst nie wütend auf mich sein?«

»Nein.«

»Versprochen?«

»Versprochen.«

Als an jenem Tag im Schwimmbad bereits der Kurs der zweiten Gruppe begann, war er immer noch nicht aus der

Umkleide aufgetaucht. Dann sah Dora endlich durch die Glastür, wie er im Kapuzenmantel und mit Schal herauskam. Sie lächelte und winkte ihm zu. Dann verstaute sie das Heft und Federmäppchen wieder in ihrem Rucksack, aber als sie wieder den Kopf hob, war Gregorio immer noch nicht da. Aber er war doch fertig angezogen gewesen, als sie ihm zugewinkt und ihn angelächelt hatte, fix und fertig in Mantel mit hochgeschlagener Kapuze und Schal!

Erschrocken dachte sie, dass er, während sie sich über ihren Rucksack gebeugt hatte, weggelaufen sei. Anders konnte es nicht sein. Man hatte ihr vertraut, und sie hatte nicht aufgepasst. Sie hatte es zugelassen, dass das Kind weglief, und jetzt war ihm etwas zugestoßen. Bestimmt hatte ein Mann in einem Wagen neben ihm gehalten, aus dem Musik erklang, und hatte ihn zum Einsteigen überredet. Gregorio war hinter der Musik her wie in diesem einen Märchen die Kinder hinter dem Rattenfänger von Hameln.

Das Herz klopfte ihr bis zum Hals, und die Kehle schnürte sich ihr zu.

Als ihr Vater eintraf, stand sie in Tränen aufgelöst hinter der Glastür.

»Warte hier!«, sagte er zu ihr.

Er rannte hinaus, um Gregorio zu suchen, lief sämtliche Straßen des kleinen Hafenviertels ab und auch am Kai entlang, wo die Boote im Schein der Straßenlaternen friedlich im Wasser schaukelten. Selbst wenn sich der Junge in Mantel, Stiefeln, Schal und Kapuze ins Meer gestürzt hatte, hätte er wenigstens den Rucksack auf dem Boden liegen lassen, sagte sich Doras Vater.

»Nirgends eine Spur von ihm«, sagte er, als er zu seiner Tochter zurückkehrte.

Ganz bestimmt war er, angelockt von Musik, in einen Wagen gestiegen, aber es musste schon eine ganz bestimmte Art von Musik sein. Gregorio war ein Kenner. Ganz besonders mochte er Debussys *Clair de lune* und *A Child Is Born* von Thad Jones, Stücke, die sein Großvater ihm als Baby, anstelle des üblichen *Guten Abend, gute Nacht*, immer vorgesummt hatte.

Doras Vater versuchte vergeblich, von außen die Glastür zu öffnen, und ging dann um das Gebäude herum, um vielleicht durch den Hintereingang ins Schwimmbad zu gelangen.

Derweil weinte Dora in einem fort, denn sie wusste, nie wieder würde sie die gleiche Dora sein können wie zuvor. Die war immer so fröhlich gewesen, dass die Leute sie manchmal fragten: »Warum freust du dich denn so?« Doch von jetzt an würde sie für immer traurig sein.

Aber siehe da, hinter der Glastür tauchte urplötzlich Gregorio auf. Genauso angezogen wie vor einer Stunde, in Kapuzenmantel, Stiefeln und mit Rucksack. Und wie vorher lächelte er sie jetzt an, hob grüßend die Hand und trat in die Vorhalle hinaus. Gesund und munter.

»Ich habe den Scheitel falsch gezogen«, sagte der Junge.

»Den Scheitel?«

»Ja, den Haarscheitel. Mama hat gesagt, ich soll ihn links machen, und als ich mit der Hand darübergefahren bin, hab ich gespürt, dass er rechts ist. Also bin ich wieder reingegangen, hab mich ausgezogen, noch mal geduscht und wollte dann den Scheitel auf der richtigen Seite ziehen. Aber ich hatte schon meine Münze für den Fön ausgegeben, und da hab ich mich versteckt, bis die Umkleide leer war. Als die Großen endlich verschwunden waren, ist noch ein bisschen heiße Luft aus einem Fön gekommen, und da bin ich schnell hingerannt und hab mich druntergestellt, aber er hat nur noch schwach geblasen und ist bald ganz ausgegangen, also musste ich warten, bis wieder jemand aus der Dusche kam. Aber jetzt stimmen meine Haare wieder.«

Als Erwachsene sollte Dora diese sonderbare Anekdote oft und gern zum Besten geben, und von jenem Nachmittag an wusste sie immer, auch später, als Gregorio bereits ein berühmter Jazzmusiker war, wie es ihm ging und ob er sie brauchte, egal, wo er gerade war.

31

Felicita und Marianna sparten, wo sie nur konnten. Mariannas Lehrergehalt hätte eigentlich gereicht, aber sie wollte unbedingt in den eigenen vier Wänden wohnen und musste daher die monatliche Darlehensrate aufbringen, sodass von ihrem Gehalt kaum mehr etwas übrig blieb. Von Felicitas Miete hatte sie sich Möbel gekauft, aber ihre Begeisterung war bald wieder verflogen, und sie sah die Möbel als das an, was sie waren: unbedeutend, hässlich, ohne Geschichte, braun, Edelstahl, mattiertes Glas. Im Grunde ihres Herzens mochte sie eine leere Wohnung lieber.

Sie und Felicita lieferten sich Monat für Monat einen Wettbewerb im Sparen. Doch Marianna schnitt jedes Mal schlechter ab, weil sie nicht selbst kochte, sondern sich von teurem Fertigessen aus Papierbeuteln oder Plastikbehältnissen ernährte.

Felicita hingegen kochte selbst und gab daher weniger für Essen aus. Auf ihrem Küchenbord tummelten sich etliche Gefäße mit allerlei Gewürzen, und Marianna hatte sich inzwischen damit abgefunden, dass ihre Mieterin die Araber, die ihr einen Streifen von ihrer Terrasse abspenstig gemacht hatten, nicht nur grüßte, sondern sich dick mit der wachsenden arabischen Gemeinde in der Marina angefreundet hatte.

Die Frauen hatten ihr einige würzige Gerichte beigebracht,

die so gut wie nichts kosteten und aus Auberginen, ein bisschen Petersilie, Zitrone, Kichererbsen, Linsen und Gewürzen bestanden, die sie ihr geschenkt hatten.

Wann immer sie etwas Neues ausprobierte, brachte Felicita ihr eine Kostprobe und gab sie als ihr eigenes Rezept aus, und manchmal konnte Marianna sich nicht zurückhalten und fragte: »Warum hängst du eigentlich immer mit diesen Frauen zusammen? Was erhoffst du dir von ihnen? Abgesehen vom Segen Gottes obendrein noch den von Allah? Oder du rufst einem von diesen Pennern im Viertel durchs offene Fenster zu, er soll sich bei den Ravioli bedienen, die du gerade gemacht hast, was soll das eigentlich? Haben dir die Kommunisten nicht beigebracht, dass die Armen keine Almosen, sondern eine Revolution brauchen?«

»Ganz genau.« Felicitas Augen leuchteten auf, wie immer, wenn es um große Themen ging. »Und während ich auf die Revolution warte, verteile ich Almosen.«

Marianna hingegen hielt nichts von Almosen und hatte weder für die Bettler noch für die Araber auch nur ein Wort übrig. Das Leben anderer Leute interessierte sie nicht. Auch die elenden Behausungen ihres Viertels, bei denen ein Blick genügte, um zu wissen, was es hieß, arm zu sein, interessierten sie nicht. Sie unternahm keine Spaziergänge, um zu sehen, wie es zuging auf der Welt, und verfolgte die Nachrichten nur, weil sie sich als Lehrerin schließlich informieren musste.

Auch wenn sie ihre beste Freundin war, konnte Felicita nicht behaupten, dass Marianna ihr wirklich sympathisch war. Wie sollte sie jemanden mögen, der sich weigerte, die Nachbarn zu grüßen, nur weil die ihr einen Quadratmeter der Terrasse streitig gemacht hatten, um dort ihre Wäsche aufzuhängen? Und warum konnten sie nicht einfach alle ihre

Wäsche auf den vier zur Verfügung stehenden Quadratmetern aufhängen? Da war doch für alle Platz genug, davon war sie überzeugt.

Genauso wenig mochte sie Mariannas Abneigung gegenüber Essen. Wie konnte man sich von Zeug aus einem Papierbeutel ernähren? Aber am wenigsten gefiel ihr Mariannas überhebliche Art gegenüber Leuten, die gern kochten und immer auf neue Rezepte aus waren. Marianna, fand Felicita, sollte sich eigentlich schämen, wenn sie nicht wusste, dass eine richtige Vanillecreme nicht aus einer Tüte kam, sondern aus richtigen Eiern gemacht wurde und dass eine selbst gekochte Brühe etwas ganz anderes war als heißes Wasser mit einem Brühwürfel.

In all den Jahren, in denen Felicita häufig mit einem Teller Selbstgekochtem besorgt zu ihrer Vermieterin hinunterging, weil diese nur noch Haut und Knochen war, hatte sie es noch nicht ein einziges Mal erlebt, dass sich Marianna revanchiert und ihr etwas gebracht hätte, und sei es auch nur eine von diesen Papierbeuteln oder Plastikbehältnissen aus einem Fast-Food-Laden.

Und wenn Felicita sie fragte, ob sie mit ans Meer komme, nicht um sich hinzulegen, sondern einfach nur, um es anzuschauen, zuckte Marianna nur die Schultern und meinte, dass sie als kleines Kind das Meer schon genug gesehen habe. Sie hatte immerzu nur Latein und Griechisch im Kopf und las die antiken Texte im Original: Virgil, Homer, Aischylos. Zahllose Stunden verwandte sie auf die Vorbereitung ihres Unterrichts, dabei rührte es sie kein bisschen, dass Priamos von Achill den Leichnam seines Sohnes Hektors erbat oder dass sich Horaz aus Melancholie und unerfüllter Sehnsucht betrank und sich der Flüchtigkeit eines glücklichen Moments bewusst war, und sie zeigte auch kein bisschen Mitgefühl mit dieser armen Iphigenie, die von ihrem Vater Agamemnon geopfert worden war, damit er den Krieg gewann, oder mit der armen, von Aeneas verlassenen Dido. Aeneas hätte Dido niemals verlassen dürfen, wo es ihm mit ihr doch so gut ergangen war. Sicher, seine Mission war, Rom zu gründen, das auf diese Weise trojanische Wurzeln bekam. Aber war das so wichtig? Wären wir Italiener nicht auch gut ohne trojanische Wurzeln ausgekommen?, fragte Felicita.

Nun, erwiderte Marianna kühl, an dieser Geschichte sei sowieso nichts Wahres dran, sondern Kaiser Augustus habe sie sozusagen aus PR-Gründen in die Welt gesetzt. Es sei keinerlei Liebe im Spiel gewesen, noch habe es Aeneas, Dido, Achill, Hektor, Priamos, Iphigenie oder Agamemnon gegeben.

Ganz zu schweigen von den Filmen. Wenn Felicita ihre Vermieterin einlud, zusammen am neu erworbenen Fernseher eine DVD anzuschauen, musste der Film schlecht ausgehen, damit er Marianna gefiel. Von einem Happy End werde ihr schlecht, meinte sie.

Doch auch wenn Marianna meilenweit entfernt war von Felicitas Vorstellung von einer richtigen Freundin, so war sie doch ihre Freundin.

Ester hingegen wies sie darauf hin, dass die Miete, die ihre sogenannte Freundin für mickrige zwei Zimmer in einem solchen Viertel verlangte, ziemlich hoch sei. Aber Felicita fand die Wohnung wunderschön und das Viertel fröhlich. Nie wurde sie von Einsamkeit überwältigt, auch nicht an den Sonntagen oder im Urlaub. Die Bewohner ließen Fenster und Türen meist offen stehen und fuhren nie in Ferien, weder in die Tropen noch zum Skifahren oder am Wochenende in eine Villa auf dem Land, so wie die reichen Mailänder oder manche Bewohner von Cagliari. Und es war auch nicht wie zu Hause auf dem Dorf, wo die Armen im Sommer in der schwülen, stickigen Hitze ausharren mussten, während es sich die Reichen leisten konnten, wegzufahren. Egal ob im Sommer, Winter, am Sonntag oder an Wochentagen – in der Marina fuhr niemand je weg. Sonntags waren die Wäscheleinen sogar noch voller, und im Sommer stiegen die Menschen zu Dutzenden mit Strohhüten auf dem Kopf und mit Kühltaschen in den Händen in den Bus in Richtung Poetto-Strand.

Der einzige Wermutstropfen in dieser geradezu perfekten Welt war, dass die Nachbarn das Klavier nicht mochten, und sobald Gregorio zu spielen begann, wobei er immer die Ruhezeiten beachtete, schlugen sie unter Krach und diversen Flüchen Fenster und Türen zu – so war es schon, als er noch klein war, und so blieb es auch später. Schade, ausgerechnet bei der Sache, die ihr Kind am meisten liebte und bei der sie selbst sich in Harmonie mit der Welt fühlte … Wer nie mit einem Musiker zusammengewohnt hat, wird niemals nachempfinden können, wie die Musik auch eine noch so ärmliche Wohnung zum Strahlen bringt und sie von der Erde abheben lässt, bis sie schließlich durchs Universum gleitet wie ein Raumschiff in Richtung einer absolut perfekten Welt.

32

Felicita und ihr Vater Raffaele hatten beschlossen, dem Vater des Kindes nichts von dessen Existenz zu sagen. Einige Jahre lang hatte Mutter Ester widerwillig ihrem Wunsch entsprochen, zum einen weil sich Sisternes mehrmals verlobt hatte und man im Dorf von der bevorstehenden Hochzeit sprach, aber vor allem weil er aus ihrem Leben so gut wie verschwunden war.

Wenn sie sich begegneten, erkundigten sich der ihr abhandengekommene Schwiegersohn und sie sich gegenseitig nach dem Befinden der Mutter beziehungsweise des Gatten. Es war, als existierte Felicita gar nicht und als hätten Ester und Raffaele keine Tochter.

Doch eines Tages, Gregorio ging bereits in die Grundschule, platzte sie bei einer dieser Begegnungen mit allem heraus. Urplötzlich und unumwunden, als müsste es jetzt oder nie sein.

Nachdem Pietro Maria von der Existenz seines Sohnes erfahren hatte, erschien er kurz darauf kleinlaut und mit hängendem Kopf an Felicitas Tür. Wie vom Donner gerührt stand sie da und betrachtete seine schönen Hände mit den schmalen Fingern und rief sich ins Gedächtnis, wie viel Macht diese über sie gehabt hatten.

Von da an bemühte sich Pietro Maria, sie in jeder Hinsicht zu unterstützen. Eines Tages wiederholte er sogar seinen Heiratsantrag, und zwar mit der gleichen traurigen Miene wie damals, als sie beide noch nicht volljährig gewesen waren. Und wieder lehnte Felicita ab.

In dieser Zeit ließ Felicita sich hin und wieder in einen von Mariannas Sesseln sinken und weinte sich bei ihr aus, weil Sisternes sie einfach nicht lieben könne. Nicht, dass er sich keine Mühe gebe. Er hätte sie so gern geliebt. Aber er könne einfach nicht.

Marianna machte ihr dann etwas Warmes zu trinken, Kamillen- oder Schwarzteebeutel hatte sie immer im Haus, für den Fall, dass sie sich übergab. Anschließend nahm sie ihr gegenüber in einem anderen Sessel Platz und wartete darauf, dass sich Felicita wieder beruhigte.

Tatsächlich dauerte es nie lange, und sie war wieder die Alte. Ein paar Tage später erschien sie erneut bei ihrer Freundin und trällerte vor sich hin: »›Ta ta ta ta ta ta ta ta ta! Oh oh oh oh oh oh oh oh! What a wonderful world this would be.‹«

»Was soll das denn sein?«

»*A Wonderful World* von Sam Cooke.«

»*Haha!* In der Tat eine wunderbare Welt!«

Also wirklich, meinte sie, Felicita sei wohl jeder Anlass recht, um neue Hoffnung zu schöpfen.

Eines Tages überraschten die beiden in der Wohnung oben eine Küchenschabe dabei, wie sie unter den Spülschrank krabbeln wollte. Mutter und Kind waren zutiefst verschreckt, aber auch Marianna fühlte sich nicht in der Lage, ihnen dabei zu helfen, sich der Kakerlake zu entledigen. Und so musste, um das Ungeziefer zu töten, mitten in der Nacht Sisternes aus dem Dorf anrücken.

Die beiden empfingen ihn als Gespenster verkleidet, denn aus Angst, die Kakerlake könnte sie anspringen, hatten sie sich jeweils ein Bettlaken über den Kopf gezogen, in das sie zwei Löcher für die Augen geschnitten hatten, und sich mit Schaufel und Handbesen bewaffnet.

Am nächsten Tag erschien Felicita gut gelaunt bei der Freundin: »Meinst du, es könnte sich noch was ändern? Vielleicht verliebt er sich ja doch noch und schließt das Kind in sein Herz. Warum wäre er sonst mitten in der Nacht den ganzen Weg hierhergefahren, um uns zu helfen?«

Auch Sisternes' Verhalten bei der Geschichte mit dem grünen Käse hatte ihre Hoffnung genährt. Gregorio hatte nämlich ein Käsebrot in seinem Schulrucksack vergessen. Erst nach mehreren Tagen hatte er es zwischen den Heften wiederentdeckt und die Hälfte gegessen. Zu Hause zeigte er seiner Mutter den Rest dieses merkwürdig grünen Pausenbrots. Als Felicita die schimmlige Käsebrothälfte sah, bekam sie fürchterliche Angst, ihr Sohn könnte daran sterben. Ohne Gregorio wollte auch sie auf keinen Fall weiterleben, deswegen aß sie kurzerhand die andere Hälfte. Nachdem sie Sisternes angerufen hatte, warteten Mutter und Sohn darauf, dass sie sterben würden. Kurz darauf traf Pietro Maria mit einem Arzt ein.

»Warum hast du denn die andere Hälfte gegessen?«, fragte er Felicita wutentbrannt.

»Wenn ich sterbe, stirbt Mama auch«, sagte der Junge zur Verteidigung seiner Mutter. »Weil sie immer mit mir zusammen sein möchte.«

Anschließend lief Felicita zu Marianna hinunter, um ihr von dem Vorfall zu erzählen: Wenn Sisternes tatsächlich nichts an ihr und seinem Kind läge, meinte sie abschließend, hätte er dann alles stehen und liegen lassen und wäre in Begleitung eines Arztes zu ihnen gefahren?

Auch mit Sex versuchte sie es. Schließlich war er gerade wieder einmal Single. Hin und wieder hieß es im Dorf, er sei kurz davor zu heiraten, aber das Gerede entpuppte sich jedes Mal von Neuem als falscher Alarm.

Manchmal, wenn Gregorio eingeschlafen war, bat sie ihn, doch noch ein bisschen zu bleiben und noch etwas zu trinken, und um sich Mut zu machen, stürzte sie ein oder zwei Gläser Wein hinunter, und zwar von dem guten, der ein kleines Vermögen kostete und den sie nur kaufte, wenn Sisternes zum Abendessen kam. Ein, zwei Gläschen Wein steigerten ihre Lust. Schließlich setzte sie sich auf seinen Schoß, knöpfte die Bluse auf und ließ ihn an ihren Brustwarzen saugen, dann kniete sie sich vor ihn hin und nahm ihn in den Mund. Schließlich begab sie sich auf alle viere und sagte, er könne alles mit ihr anstellen, worauf er Lust habe. Er solle ruhig in sie eindringen wie ein Rüde in eine läufige Hündin.

Hin und wieder gelang es ihr sogar, Sisternes zum Übernachten zu bewegen, als wären sie eine ganz normale Familie, Mutter, Vater, Kind. Aber nachdem sie sich geliebt hatten, starrte Pietro Maria eine Weile an die Decke, dann schwang er abrupt die Beine über die Bettkante, stand auf und zog die Hose an.

»Warum?«, murmelte sie.

»Ich schaffe es einfach nicht, in diesem Zimmer zu schlafen oder in dieser Werkstatt, wie du es nennst. Es ist einfach zu vollgestopft mit, entschuldige bitte, lauter Krimskrams.«

»Ich lebe seit Jahren mit diesem Krimskrams. Der geht übrigens weg wie warme Semmeln. Ich komme gar nicht nach, so viel wird davon bestellt.«

»Vielleicht liegt es auch an der Feuchtigkeit hier drinnen oder daran, dass es so penetrant nach Kohl und Bratfett riecht. Es ist nicht deine Schuld, die Gerüche kommen von draußen. Wenn man die Fenster aufmacht, wird es noch schlimmer. Nimm es mir bitte nicht übel.«

»Aber diese Gerüche werden doch vom Meergeruch überlagert. Sieh mal, der Mond, ist dir schon mal aufgefallen, dass er über diesen Dächern größer und näher wirkt als anderswo? Außerdem denk daran, dass du eine Stunde Fahrzeit vor dir hast, wenn du jetzt noch ins Dorf zurückwillst.«

»Selbst wenn ich zehn Stunden bräuchte, würde das nichts ändern. Verzeih mit bitte.«

»Immer redest du davon, dass du es im Dorf nicht mehr aushältst, dass das nicht der Ort ist, an dem du leben willst, sondern dass du lieber in der Stadt wohnen würdest.«

»Sicher, das möchte ich auch, aber in einer Villa, die von einem Park umgeben ist, und nicht, ohne dir nahetreten zu wollen, in einem Loch wie diesem.«

»Dann verkauf eben euer Haus auf dem Land.«

»Das gehört meiner Mutter, und von dem Geld, das ich verdiene, kann ich mir kein anderes Leben leisten. Meine Mutter weiß, dass sie mich in der Hand hat, deswegen weigert sie sich, mir etwas von ihrem Besitz zu überschreiben.«

»Dann heirate eben eine schöne, reiche Erbin.«

»Ich kenne keine schöne, reiche Erbin, außerdem würde so eine mich nicht wollen. Es sei denn, sie kriegt keinen anderen mehr ab.«

33

Felicita war mit allen Frauen des Viertels befreundet. Unentwegt tauschten sie Essen und Vertraulichkeiten aus. Aber leider ertrugen die Ehemänner ihrer Freundinnen Gregorio und sein Geklimper nicht. Sie erschienen an der Wohnungstür, oft zu zweit oder zu dritt, und schrieben ihr vor, wann der Junge spielen durfte. Dumm nur, dass bald darauf weitere Männer auftauchten, mit der gleichen bedrohlichen Miene, und ihr andere Zeiten vorgaben.

Die Nachbarn rissen die Fenster auf, polterten gegen Gregorio und brüllten die wüstesten Beschimpfungen und Drohungen auf Italienisch und auch in anderen Sprachen, wobei klar war, dass sie sich vor allem auf seine Hände bezogen.

Also schafften sie das Klavier in die Küche. Sie rückten den Tisch, die Anrichte und den Herd in das andere Zimmer, weil die von den Pfannen und Töpfen aufsteigenden Dämpfe dem Klavier geschadet hätten. Wenn er mit dem Spielen fertig war, breitete Gregorio ein warmes, dickes Wolltuch darüber.

Leider lag die Küche auf den dunklen, schimmlig riechenden Innenhof hinaus und war kein Vergleich zu Gregorios früherem Zimmer, das hell war und von wo aus man einen Blick auf Himmel und Meer hatte, dessen salzige Brise hereinwehte. Aber da war sein Leben mit Schule, Hausaufgaben und Konservatorium ausgefüllt gewesen, und er hatte sich keinen Drohungen ausgesetzt gefühlt. Jetzt war er viel öfter zu Hause und übte.

Wie auch immer, auch das neue Musikzimmer war für Gregorio in Ordnung. Trotz der widrigen Umstände widmete er sich mit Freude seiner großen Leidenschaft, eingehüllt in einen Dunst, der nach Kohl und Abwasser stank und sich in den Mauern eingenistet hatte, denn sämtliche Küchen und Toiletten gingen auf den Innenhof hinaus.

Im Winter trug er eine alte Steppjacke und im Sommer zerschlissene T-Shirts. Wenn es regnete, wurde er regelmäßig nass, weil er beim Hinausgehen immer den Schirm vergaß. Nach wie vor hatte er Probleme mit den Schnürsenkeln, die immer wieder aufgingen.

Kurzum, ihm war die Armut auf den Leib geschrieben, und wenn jemand, der es gut mit ihm meinte, mit ihm etwas Neues zum Anziehen kaufen wollte, hatte er an besagtem Tag angeblich leider keine Zeit, und wenn man ihm stattdessen Geld gab und ihn ermahnte, es auch wirklich für Kleidung auszugeben, stürzte er sich überglücklich in eine Musikhandlung und kaufte sich Klaviernoten.

34

Dora war ein vernünftiges Mädchen, fröhlich, diszipliniert und gut in der Schule. Ohne zu murren, half sie zu Hause mit und passte geduldig auf ihre kleinen Geschwister auf. Vielleicht war auch Gregorio für sie wie ein jüngerer Bruder, auf den man aufpassen musste.

Neuerdings gab er ihr Klavierunterricht. Die Klaviernoten unter den Arm geklemmt, im gewohnten grauen Rock, der ihr um die schlanken Beine schwang, kam sie an, die hüftlangen Haare in einem Pferdeschwanz und in einem nach Weichspüler duftenden Pullover, der an den Ellbogen schon ein wenig ausgebeult war.

Ihre Familie war arm, aber dennoch waren die zahlreichen Kinder immer ordentlich gekleidet und gut genährt und stets mit allem Nötigen für die Schule ausgestattet. Die Geschwister vertrugen sich gut und verbrachten gern Zeit miteinander. Wenn man zufällig um die Mittagsstunde bei ihnen war, wurde man zum Essen eingeladen, denn wo zwei satt werden, werden auch drei satt, meinten sie. Aber wenn man die Einladung ausschlug, war es auch in Ordnung. Sie waren sich selbst genug und brauchten nichts oder niemanden, um zufrieden zu sein.

Manchmal fiel Felicita beim Anblick des Meeres, wenn es ruhig war, Doras Familie ein. Doch dann musste sie jedes Mal lächeln angesichts dieses merkwürdigen Vergleichs zwischen dem Meer und einer Familie.

Aber als Gregorio die Tochter mit seiner Musikleidenschaft ansteckte, war es mit der Gelassenheit von Doras Familie vorbei. Von da an luden sie ihn nicht mehr ein, sich zum Mittagessen zu ihnen zu setzen, wenn er zufällig dort war. Plötzlich war in dieser Familie kein Platz mehr für ihn und seine sonderbaren Vorstellungen.

Wenn Dora vor Ende der Stunde die Lust verlor, schimpfte Gregorio mit ihr: »Wir sind noch nicht fertig.«

»Vorhin habe ich mit den Hausaufgaben angefangen und bin nicht fertig geworden«, entschuldigte sich Dora. »Ich muss sie noch mal durchgehen.«

Sie verstaute die Noten in ihrer Mappe und begab sich ins andere Zimmer, um noch ein wenig mit Felicita zu plaudern. Dann machte sie sich auf den Nachhauseweg. Felicita sah ihr vom Fenster aus nach, bis sie um die Ecke gebogen war, mit ihrem schwingenden Rock, ihren schlanken Beinen und ihrem Pferdeschwanz.

Dora war immer umringt von Jungen, und irgendwann verliebte sie sich und hörte mit den Klavierstunden auf. Gregorio meinte, es wäre schade, wenn sie jetzt aufhöre, es genüge ja, wenn sie jeden Tag ein paar Fingerübungen mache. Er fertigte ihr sogar eine richtige Klaviatur aus Sperrholz an. Sie solle es einfach so halten wie Bach: Als der im Gefängnis war, habe er mit einem Kohlestück eine Orgelklaviatur auf den Boden gezeichnet, und während er lautlos mit den Fingern darauf spielte, habe er die Melodie dazu gesummt.

Um ihn nicht zu enttäuschen, nahm Dora das Geschenk von ihrem Freund an, aber als er sie später fragte, ob sie auch fleißig übe, erwiderte sie, ihre Mutter habe die Klaviatur oben auf einem Schrank verstaut. Es sei einfach kein Platz dafür vorhanden, und um sie herunterzuholen, hätte sie jedes Mal die hohe Leiter aus dem Keller holen müssen.

35

Sisternes kam Felicita und seinen Sohn regelmäßig besuchen. Aber an allem hatte er etwas auszusetzen und schüttelte immerzu den Kopf. Seine Besuche wurden nur seltener, wenn wieder einmal seine Hochzeit bevorstand und er die Zimmer für seine neue, richtige Familie im Haus seiner Mutter vorbereiten musste. Aber aus dieser zukünftigen Familie wurde nie etwas. Zum Schluss kehrte er immer wieder zu ihnen zurück, stellte Felicita mit Genugtuung fest.

Wenn er sie nicht zu Hause antraf, klingelte Pietro Maria bei Marianna, um sich bei ihr die Wartezeit zu vertreiben. Wenn Felicita dann zurückkam und sie den vor Kippen überquellenden Aschenbecher sah, wusste sie, dass sie sich ziemlich lange unterhalten hatten.

Die beiden waren bei allem immer einer Meinung, und dass Mutter und Kind eine so vernünftige Nachbarin hatten, beruhigte Sisternes.

Einmal fragte Felicita ihn, ob er Marianna schon mal als Geliebte in Betracht gezogen habe. Er erwiderte, dass er sie hässlich finde, mit ihrem mageren Körper, den weißen Haaren und den dicken Brillengläsern.

»Außerdem tut sie nie etwas Gutes«, schloss er.

»Doch, uns gegenüber schon.«

»Sie könnte dir die Miete ein bisschen nachlassen.«

»Aber sie mag uns.«

»Und was bringt dir das?«

»Sie mag uns, und das genügt mir.«

Aber wenn er wieder einmal zu Besuch im ersten Stock gewesen war, versäumte er es nie, sich von Marianna zu verabschieden. Wenn er die Treppe hinunterging, ließ Felicita die Wohnungstür angelehnt und hörte, wie er zu ihr sagte: »Gut, ich mach mich dann auf den Weg. Danke für alles.« Und es schien ihr, als wollte er noch etwas hinzufügen, was er jedoch nie tat.

Seit ihr klar geworden war, dass Marianna und Sisternes füreinander geschaffen waren, war Felicita eifersüchtig. Aber nach und nach redete sie sich ein, auch wenn sie sich für diesen Gedanken schämte, dass sich Sisternes bestimmt in Marianna verliebt hätte, wenn sie keine Versagerin gewesen wäre, die man ums Erbe gebracht hatte und die genau wie sie selbst in einem Haus wohnte, wo es nach Kohl, Frittiertem und Abwasser stank.

36

Eines Tages erblickte Felicita, als sie nach Hause kam, Pietro Maria auf einem Stuhl in Mariannas Wohnung, direkt neben der offen stehenden Tür. Eigentlich habe er ihre Nachbarin nicht stören wollen, erklärte er, aber sie und der Junge seien ja wieder einmal nicht da gewesen. Sie beide seien unfähig, gegenüber anderen auch nur ein Mindestmaß an Pünktlichkeit und Respekt an den Tag zu legen.

Er fischte eine Zigarette aus der Packung und steckte sie sich an. Dann schwieg er eine Weile, während er den Rauch ganz langsam ausblies, und fuhr dann fort.

»Was habe ich da gehört? Stimmt es, dass Gregorio nach New York will?«

Beim Sprechen stieß er immer wieder eine Rauchwolke aus und machte keinerlei Anstalten aufzustehen. Noch nie hatte sie ihn ohne Zigarette gesehen – wenn er nicht gerade rauchte, hatte er eine kalte Zigarette im Mundwinkel.

»Was will dieser Junge denn in New York?«

»Klavier spielen. Bist du deswegen hier? Um ihm sein Vorhaben auszureden?«

»Gott bewahre! Wer könnte euch beiden jemals etwas ausreden. Nein, ich bin ohne einen bestimmten Grund gekommen. Aber das hatte ich dir doch gesagt. Dir sogar eine genaue Uhrzeit genannt. Außerdem bin ich rechtzeitig losgefahren, um pünktlich zu sein, weil ich weiß, wie schwer man hier einen Parkplatz findet.«

Marianna, die dem Wortwechsel bislang schweigend gelauscht hatte, meinte, sie habe zu tun, und wollte gehen, blieb aber in der Mitte des Zimmers stehen und sagte: »Ich will mich ja nicht in eure Angelegenheiten einmischen, aber für mich ist Gregorio ein Genie. Ich war schon immer der Meinung, er gehört an einen besseren Ort als diesen.«

»Zum Beispiel nach New York, um dort als Penner zu leben?«

Marianna verdrehte die Augen und verließ das Zimmer. Es war das erste Mal, dass sie mit Sisternes nicht einer Meinung war. In der Tür wandte sie sich nochmals um: »Er wird in Amerika bestimmt sein Glück finden. Ich beneide ihn um seinen Mut. Wenn ich könnte und nicht an diesen Ort gefesselt wäre, würde ich auf der Stelle nach Amerika gehen, so wie ich bin, in Morgenrock und Pantoffeln.«

Felicita versuchte, Sisternes mit vernünftigen Argumenten zu überzeugen. »Du warst doch als Teenager auch mal Musiker und wolltest Pianist werden.«

»Ach was, ich hab nur in einer Band gespielt. Ich habe nie ernsthaft erwogen, ein professioneller Musiker zu werden.«

»Außerdem war ein Klavier für euer riesiges Haus ja viel zu sperrig.«

»Ja, genau. Na und? Ist das riesige Instrument in eurer Wohnung etwa nicht zu sperrig? Ihr habt nicht mal mehr einen Tisch in der Küche, der Herd steht in deinem Schlafzimmer, und deine Kleidung ist in Kartons verpackt. Dein Vater hat für dieses Klavier seine ganzen Ersparnisse geopfert, und das hättest du nicht zulassen dürfen. Und woher nimmt der Junge das Geld, um nach New York zu gehen?«

»Oh, er wird es schon irgendwie auftreiben. New York ist schließlich die Heimat des Jazz.«

Sisternes wurde immer ärgerlicher und hob leicht die Stimme. Als er im Alter seines Sohnes gewesen sei, hätten die gesunden Jungs, und er sei Gottlob gesund gewesen, Sport getrieben und seien zum Studieren an die Uni gegangen, meinte er.

Na und? Gregorio habe alle möglichen Sportarten ausprobiert, und keine habe ihm gefallen, und die Uni interessiere ihn auch nicht.

»Und deshalb will er nach New York, um dort als Penner zu leben.«

»Nein. Als Jazzmusiker. Die Jazzmusiker helfen einander, deswegen wird in New York kein Musiker zum Penner.«

»Ach ja? Dann können wir ja ganz beruhigt sein. Wir wissen schließlich, wie gut Gregorio sich organisieren kann.«

Unvermittelt stand Sisternes auf und begann im Zimmer auf und ab zu laufen. »Komm, lass uns hochgehen und in Ruhe darüber reden.«

37

Während sie die steile Treppe hochstiegen, sagte Felicita seufzend, sie bräuchten sich wegen Gregorio wirklich keine Sorgen zu machen. Was, wenn sich New York für ihn gar als das gelobte Land entpuppe? Und wenn sie, seine Eltern, ihn an der Reise dorthin hinderten, würden sie das dann nicht bitter bereuen? Der Junge habe wirklich etwas drauf, dessen sei sie sich sicher, nur sei er eben ein bisschen anders. Aber sei nicht auch er, sein Vater, als Junge ein bisschen anders gewesen? Hatten sie ihn nicht aus Clubs geworfen, weil er nicht wie ein Sänger angezogen gewesen sei und keine Stücke gespielt habe, auf die man tanzen konnte? Ob er sich daran noch erinnere?

»Jetzt sei mal still und hör mir zu.« Sisternes packte sie am Arm und drückte sie auf den Stuhl, der am nächsten zur Eingangstür stand. »Das ist eines Nachts passiert, in einer verwaisten Straße. Gregorio war auf dem Nachhauseweg, als ein Typ vor ihm stand, und hinter ihm tauchten ein paar Freunde von diesem Kerl auf, lauter aggressive Kerle. Wir mögen Typen wie dich nicht, sagt der Erste zu ihm. Ja, was bin ich denn für ein Typ?, fragt unser Sohn. Ganz schön frech für jemanden, der nichts kann als auf einem Klavier rumklimpern. An deiner Stelle würde ich den Ball flachhalten. Dann haben sie auf ihn eingedroschen und ihn auf dem Boden liegen lassen.

Und was macht Gregorio, unser Idiot von Sohn? Er geht am nächsten Abend zur selben Zeit in dieselbe Straße und wartet auf die Schlägertypen. Er hatte ein geschwollenes Auge und war mit blauen Flecken übersät, und dir hat er erzählt, er sei beim Kicken hingefallen und hätte den Ball ins Gesicht gekriegt. Du gehörst zu den Müttern, die alles glauben, egal, welches Märchen der Junge dir auftischt, du nimmst es ihm ab. Mich würde interessieren, was ihr gegen mich habt, sagt er zu diesen Scheißkerlen. – Wir mögen keine Waschlappen wie dich. – Das ist keine Erklärung. Da haben sie ihn mit den Fäusten in den Magen geschlagen und ihn in seinem Erbrochenen liegen lassen. Und trotzdem fällt ihm nichts Besseres ein, als ihnen nachzurufen, bis morgen, hier, zur selben Uhrzeit! – Ah, du beziehst wohl gern Prügel! – Nein. Gar nicht. Aber ich warte immer noch auf eine Erklärung. Am darauffolgenden Abend ist er zur verabredeten Zeit wieder dort, aber wer sich nicht blicken lässt, sind die Schlägertypen. Inzwischen hattest du mich angerufen, erinnerst du dich?, ich solle kommen und mir ansehen, wie der Sport den armen Kerl zugerichtet hat, und damit mir endlich klar würde, wie verheerend meine väterlichen Ratschläge seien. Aber im Gegensatz zu dir habe ich mir keine Märchen auftischen lassen, sondern ihn dazu gebracht, mir die Wahrheit zu sagen.«

»Kannte er die Kerle?«

»Er behauptet nein.«

»Und weiß er, warum sie das getan haben?«

»Er hat keine Ahnung. Ich dagegen kann es mir denken.«

»Ja, was denn?«

»Nun, ich denke da an all die Irren dieses schönen Viertels, wo sich niemand allein fühlt und alle so wunderbar zusammenhalten. An die Ehemänner deiner Freundinnen. Die an eurer Tür klingeln und Gregorio drohen, weil ihnen sein Klavierspiel auf den Wecker geht.«

»Aber er hat sich mit ihnen auf feste Zeiten verständigt, in denen er spielen kann, morgens von neun bis zwölf und am Nachmittag von vier bis sieben.«

»Schade nur, dass einige dieser Typen nachts arbeiten und morgens schlafen oder nachmittags gern ein Nickerchen halten wollen. Und schade, dass es auch nichts bringen würde, andere Zeiten zu verabreden, weil andere wiederum tagsüber arbeiten, nachts schlafen und für ein Mittagsschläfchen keine Zeit haben.«

»Aber wegen ihnen haben wir das Klavier sogar in die Küche geschafft.«

»Nun, das bedeutet, dass man es eben jetzt über den Innenhof hört, wenn Gregorio spielt.«

»Aber seit es in der Küche steht, ist niemand mehr gekommen und hat sich beschwert.«

»Ja, weil sie beschlossen haben, ihm stattdessen eine ordentliche Abreibung zu verpassen.«

»Aber was sollten die Klavierspieler ihrer Meinung nach in diesem Viertel tun?«

»Was für Klavierspieler? Gregorio ist weit und breit der einzige. Im Übrigen wohnen hier überwiegend Muslime, und du weißt doch, dass für sie jede Musik, die nicht religiös ist, Gotteslästerung bedeutet.«

»Was habt ihr nur immer gegen die Araber! Es waren ganz bestimmt nicht die Araber, die ihn verprügelt haben, die Araber sind klein und schmächtig und keine Schlägertypen, so wie du sie beschrieben hast. Im Übrigen geht er ja jetzt nach New York, und weil New York die Heimat des Jazz ist, wird dort niemand verprügelt, nur weil er Musik macht.«

»Nun sei bitte wenigstens einmal vernünftig, Felicita! Gregorio ist zu gutmütig, und zwar so sehr, dass er in einer relativ friedlichen Stadt wie Cagliari für einen Schwachkopf gehalten wird, was soll denn da in New York aus ihm werden?«

»Warum müsst ihr nur alle immer auf diesem dummen Vorurteil herumreiten, dass die Guten untergebuttert werden. Das stimmt nicht. Ich sage dir, was aus ihm wird. Er wird da drüben Klavier spielen.«

Wieder allein, starrte Felicita eine Zeit lang die Wand an. Vielleicht hatte Sisternes doch recht, überlegte sie. Und jenes Gefühl, das sie in den ersten Monaten ihrer Schwangerschaft gehabt hatte, nämlich dass Gregorio nicht auf diese Welt kommen wollte, hatte sie offenbar doch nicht getrogen. Vielleicht spürte und begriff ein Embryo so manches, und er hatte gespürt, dass er für diese Welt nicht geschaffen war. Er war ein Außenseiter, anders als andere Jungen. Und wer hatte ihn dazu gemacht? Sie natürlich, weil sie ihm nicht das gegeben hatte, was Kinder vor allem brauchten, eine Familie und, ja, auch die eine oder andere Annehmlichkeit. Und in deren Genuss wäre Gregorio bestimmt gekommen, wenn sie Pietro Maria geheiratet hätte, obwohl er sie nicht liebte.

38

Wenn Gregorio da war, war Raffaele glücklich und zufrieden. Und jetzt würde der Junge nach New York gehen.

Niemand sonst hatte ihn je so aufzuheitern vermocht. Seine Frau jedenfalls nicht, und im Grunde nicht einmal seine Tochter, die jetzt ernsthaft erkrankt war, und er war wieder einmal der Einzige, der es wusste. Vielleicht hatte ihn damals seine Liebe zu Genua aufgeheitert, aber das war eine vorübergehende Freude gewesen.

Als er erfuhr, dass er sterben müsste, nahm er die Nachricht gefasst auf. Im Grunde war doch klar, dass die Kartoffelschalen, von denen sie sich im Lager hatten ernähren müssen, aber auch die Zigaretten und die Konserven, die sie von ihren Befreiern bekommen hatten, seine Gesundheit ruiniert hatten. Raffaele magerte zusehends ab, war nur noch Haut und Knochen, dann wurde sein Körper aufgeschwemmt von den Medikamenten, ganz wie damals. Aber so sah sein Leben nun mal aus.

Ester hatte ihn trotz allem nie verlassen, und als sie schließlich dazu gezwungen wurde, ihn gehen zu lassen, stürzte sie atemlos in sein Krankenzimmer und umarmte ihn, als wäre er eben erst aus dem Krieg zurückgekehrt. Sie wollte den Tod nicht hinnehmen, genauso wenig, wie sie das Leben jemals hingenommen hatte.

Sie hatte in der Speisekammer einen uralten, noch nicht verdorbenen Sauerteig gefunden, und damit backte sie nun das Brot selbst. Außerdem schälte sie etliche Kilo Äpfel und dämpfte sie, um ein spezielles Heilwasser daraus zu gewinnen. Es musste doch irgendwelche Nahrungsmittel geben, irgendeine Möglichkeit oder einen Ort, irgendetwas, was ihren Mann heilen könnte. Sie wollte diese Nahrungsmittel unbedingt finden, diese Möglichkeit, diesen Ort, und wenn sie dafür bis ans Ende der Welt gehen musste.

Gregorio fuhr mit dem Bus manchmal zu ihnen, um seinem Großvater etwas vorzuspielen. Immer kam er mit offenen Schnürsenkeln, lose baumelnden Knöpfen und klemmendem Reißverschluss an, das Geld in der Hosentasche zusammengeknüllt, und natürlich ohne Schirm, wenn es regnete.

Kaum hatte er neben dem Kranken Platz genommen und begann auf dem Keyboard zu spielen, war die Welt in diesen vier Wänden perfekt. Oft fragte sich Raffaele, der zwischen Schlafen und Wachen hin und her glitt, ob das sein Enkel war, der für ihn spielte, oder aber sein schwarzer amerikanischer Freund, der gekommen war, um ihn zu befreien.

Er selbst hatte immer nur von New York geträumt, und sein Enkel würde nun tatsächlich dorthin reisen!

Raffaele war es nie gelungen, herauszufinden, wer dieser schwarze Trompeter war. Vielleicht waren seine Versuche, ihn in Schallplatten und Enzyklopädien zu entdecken, deswegen vergeblich gewesen, weil sein Freund nie berühmt geworden war. Aber was spielte das für eine Rolle: In der Trostlosigkeit des Lagers hatte die Musik des Amerikaners ihn davon überzeugt, dass die Welt auch schön, gut und heiter sein konnte. Ja, Raffaele hatte Glück gehabt in seinem Leben.

39

Um diese Zeit war der Poetto meistens menschenleer, und Felicita konnte auf ihren Turban verzichten.

Nicht, dass ein kahler Schädel Grund zur Scham gewesen wäre und Krebskranke nicht das Recht gehabt hätten, an einem Strand zu sein. Früh am Morgen, wenn sich die Wellen langsam am Strand brachen und sich gemächlich wieder zurückzogen, musste sie unweigerlich an den Atem Gottes denken, der einen auf diese Welt blies und beim Einatmen wieder mit sich nahm.

Das Meer gefiel ihr immer: wenn es durchsichtig war und die Sonne glitzernde Sterne aufs Wasser zeichnete, wenn es dunkel war und die Wellen ihr Klagen vernehmen ließen, ja sogar wenn es aufgewühlt und bedrohlich war und der Salzgeruch intensiver.

Bestimmt hätte ihr jedes Meer gefallen, aber das am Poetto-Strand war ihr das liebste. Der Strand fiel ganz sanft ab, und man kam beim Hineingehen ins Wasser nicht durch jähe Untiefen aus dem Gleichgewicht; auch erwartete einen keine faszinierende Unterwasserwelt, die einen zu unberechenbaren Abenteuern verleitet hätte.

Es stimmt nicht ganz, dass außer ihr niemand am Strand war, da war noch jemand, ein Mann, aber er schien sie nicht zu bemerken. Er kauerte mit gebeugtem Rücken da und schien auf etwas zu starren, aber es war nur der Sand. Sein geschorener, perfekt gerundeter Schädel, der Hals, seine Schultern, die muskulösen Arme, alles an ihm erweckte den Eindruck, er wäre ein großer Mann, aber das täuschte.

Er stürzte sich bei jedem Wetter ins Meer, selbst wenn rote Flaggen gehisst waren, die signalisierten, dass es gefährlich war. Wer weiß, dachte Felicita, vielleicht will er sterben. Deshalb ließ sie ihn nie aus den Augen und hatte das Handy immer griffbereit, um zur Not die Küstenwache zu verständigen.

Nach dem Baden streckte er sich erschöpft auf seinem Handtuch aus. Sie wusste nicht warum, aber sie mochte diesen Mann vom ersten Augenblick an gern.

Eines Tages schien es, als wäre er tatsächlich tot. Sie ging zu ihm, beugte sich über ihn und machte: »Pst! Pst!« Noch immer gab er kein Lebenszeichen von sich. Sie berührte ihn leicht am Arm, den er über den Kopf gelegt hatte, und machte erneut: »Pst! Pst!« Darauf schrak der Mann hoch und machte Anstalten aufzustehen.

»O nein, bitte bleiben Sie doch liegen. Bitte, bemühen Sie sich nicht.« Sie streckte die Hand aus, und er ergriff sie, während er sich auf dem anderen Ellbogen abstützte. »Ich heiße Felicita.« Doch nachdem sie sich so überschwänglich vorgestellt hatte, wurde ihr klar, dass es sonst nichts zu sagen gab, und sie kehrte wieder zu ihrem Handtuch zurück.

Von da an hoben sie kurz die Hand, um einander zu grüßen, wenn sie einander antrafen. Sie wechselten aus der Ferne ein paar Worte, und wenn sie einander wegen des Tosens der Wellen nicht verstanden, zuckten sie die Schultern, als wollten sie sagen: »Ist egal. War nicht wichtig.«

Aber wenn er nach ihr eintraf, breitete er sein Handtuch nicht allzu weit von ihrem aus, obwohl jetzt, am Ende des Sommers jede Menge Platz am Strand war. Und wenn Felicita später kam, hielt sie es ebenso, und keiner von beiden wechselte je seine Position. Irgendwann holte sie dann immer den Imbiss, den sie vorbereitet hatte, aus ihrer kleinen Kühltasche.

»So, dann wollen wir mal.«

Eines Morgens fragte der Mann sie: »Was essen Sie denn da?«

»Lebensmittel, die gegen Übelkeit helfen. Ich mache zurzeit eine Chemotherapie.«

»Ah, deswegen haben Sie also keine Haare.«

»Ja, genau. Ich hatte so schöne, dicke Haare, keine richtigen Locken, aber kastanienbraune Wellen mit goldenen, fast blonden Strähnen.«

»Darf ich Sie fragen, wo der Tumor sitzt?«

»Fast überall.«

War der Mann einmal nicht da, vermisste sie ihn. Und wenn das Wetter schlecht war und sie nicht an den Strand konnte, weil sie sonst eine Erkältung riskierte, oder an ihren schlechten Tagen, wenn sie einfach nicht die Kraft dazu hatte, fragte sie sich bisweilen, ob er wohl am Strand sei.

Eines Tages trat sie zu ihm, beugte sich ein wenig zu ihm hinab und fragte ihn, warum er immer noch regelmäßig zum Meer komme, obwohl der Sommer doch vorbei sei.

»Nun, ich bin ein Wrack. Wo soll ich sonst sein?«

40

Dass Felicita Krebs hatte, schien Marianna ihr geradezu übel zu nehmen.

Sie warf ihr vor, eine der wenigen Gewissheiten in ihrem Leben zerstört zu haben. Felicita war nie krank gewesen, und das war auch der Grund, warum sie zu Beginn die Anzeichen verkannt und gedacht hatten, dass es etwas anderes, Harmloses sei.

Marianna war wütend und suchte nicht mehr ihre Gesellschaft. Lediglich auf der Terrasse, beim Wäscheaufhängen, trafen sie sich. Nur um etwas zu sagen, stimmte Felicita ein Loblied auf die Terrasse an: über ihnen der Himmel und zu den Füßen ein Streifen Meer, dazu die im Wind flatternde Wäsche und unten im Hafen ein winziger Ausschnitt eines Schiffs. Und immer wieder Leute, die kamen und gingen. Die wie sie Wäsche aufhängten. Nie im Leben würde sie dieses Haus gegen ein anderes austauschen wollen, und sei es das schönste und teuerste auf der Welt.

Marianna war nicht zu erweichen, sie hängte ungerührt ihre Wäsche auf und erwiderte, ohne Felicita eines Blickes zu würdigen, dass sie selbst dieses Haus verlassen würde, und zwar sofort. Sie würde weglaufen, wenn es sein musste auch im Nachthemd und ohne sich einmal umzudrehen.

»Ich treffe da immer einen Mann, am Poetto.« Felicita

streckte den Kopf zwischen zwei Handtüchern hindurch. »Er ist immer allein. Geht sogar bei Sturm ins Wasser. Ich habe Angst, dass er sich umbringen will.«

»Interessiert er dich?«

»Nicht für mich. Ich dachte dabei eher an dich.«

»Hör mir bloß auf.«

»Es wäre doch gut, wenn ich jemanden für dich finden würde, den du lieben kannst.«

»Such dir doch selbst einen. Immerhin rennst du seit zwanzig Jahren hinter dem Signor Meloni her, der dich nicht liebt.«

»Welcher Signor Meloni?«

»Hast du vergessen, dass dein Sisternes in Wirklichkeit Meloni heißt?«

»Ach, stimmt. Wir sind es einfach gewohnt, ihn beim Nachnamen seiner Mutter zu nennen ...«

»Das ist wirklich erbärmlich.«

»Du hast doch auch noch nie seinen richtigen Namen benutzt. Du sagst seit jeher Pietro Maria zu ihm.«

»Das ist ja auch sein richtiger Vorname.«

»Nenn mir bitte etwas, irgendetwas auf der Welt, was du gut findest.«

»Keine Ahnung. Vielleicht, dass die Menschheit im Begriff ist, sich abzuschaffen, die fortschreitende Wüstenbildung, das Abschmelzen der Polkappen und die bevorstehende weltweite Sintflut, bei der wir alle untergehen.«

»Das wäre aber schade.«

»Wieso schade? ›Siehst du das Glück, oder sahst es jemals innerhalb der Grenzen der Welt? ... Vielleicht am Grunde der Höhlen?‹«

»Und mit am Grunde der Höhlen meinst du wohl hier, in der Marina? Klar, hab ich es hier gesehen, das Glück.«

»›Wacht auf, ihr Sterblichen … Der Tag wird kommen, da keine Kraft von außen und keine Bewegung von innen euch aus der Ruhe des Schlafes reißen wird.‹«

»Trennst du deswegen nicht den Müll, damit die Welt noch schneller untergeht?«

»Könnte man die vom Aussterben bedrohten Tierarten essen« – Marianna redete sich so in Rage, dass ihr eine Wäscheklammer zerbrach –, »bekäme ich bestimmt Hunger. Soll ich vielleicht so wie du einen Kilometer bis zum nächsten Plastikcontainer laufen und ein paar Kilometer, um ein Stück Karton in dem Container für Papier und eine Flasche in dem für Glas zu entsorgen? Glaubst du im Ernst, dass du damit unseren Planeten rettest? Wozu? Du kannst dich ja nicht mal selbst retten.«

Sie nahm den noch halb vollen Wäschekorb, knallte ihn auf den Boden und setzte sich auf den Hocker, den sie benutzten, um Wäsche an den höher hängenden Leinen zu befestigen.

Felicita stellte sich vor sie hin. »Du bist böse auf mich, weil ich mich nicht selbst gerettet habe? Hast du nicht gesagt, dass der Tod das Beste ist, das den Lebenden passieren kann?«

»Der eigene Tod, du Dummkopf. Aber für die anderen gibt es keinen größeren Schmerz als den Tod eines geliebten Menschen. Ihr wart meine Familie, du und Gregorio. Die einzigen Menschen auf der Welt, die ich geliebt habe. Und jetzt ist der eine nach New York gegangen und weiß nicht einmal, wie es um seine Mutter steht, die ihm nichts gesagt hat, weil sie beim Sterben die Heldin spielt, dabei ist sie nur dumm.«

»Mich kannst du ruhig beleidigen, aber die Schöpfung bitte nicht.«

»So, ich soll nicht deinen Gott beleidigen? Diesen großartigen Schöpfer? Eine Stinkwut habe ich auf den. Verstehst du?

Und auf dich auch, weil du an ihn glaubst. An Weihnachten freust du dich, weil das Jesuskind geboren wurde. Und an Karfreitag fastest du und weinst ein bisschen, weil Jesus gestorben ist. An Ostern freust du dich wieder und wiederholst die Botschaft des Engels, der auf dem Stein neben dem leeren Grab saß. Was hat dieser Engel noch mal gesagt?«

»Der, den ihr sucht, ist nicht hier.«

»Er war nie hier.«

Felicita musste trotz allem herzlich lachen, und da sie nur noch einen ihrer Turbane zum Aufhängen hatte, zeigte sie ihn Marianna. »Gefällt er dir?« Sie hielt ihn hoch. »Schön, nicht wahr? Also soll ich dir nun den Mann vom Poetto vorstellen oder nicht?«

»Ach, du kannst mich mal mitsamt deinem Gott. Ich hatte dir dein Gerede fast schon abgenommen, davon dass du nie krank wirst, weil man nicht krank wird, wenn man in Harmonie mit der Welt lebt.«

In Wahrheit fand auch Felicita die kleine Dachterrasse nicht so toll, und sie war sich auch nicht immer hundertprozentig sicher, dass Jesus tatsächlich auf Erden gewesen war. Und auch nicht, dass es immer einen besonderen Grund gab, wenn man krank wurde. Man wurde einfach krank. Mehr gab es dazu nicht zu sagen.

41

Eines Tages, als das Meer ruhig und klar dalag und sanfte Wellen die Stille erträglich machten, stand Felicita auf und ging zu dem Mann hinüber. Sie kauerte sich neben ihn in den Sand und sagte: »Sie tun mir leid.«

Der Mann sah überrascht auf.

»Ach ja?«

»Darf ich Sie fragen, warum Sie sich für ein Wrack halten? Oder ist die Frage indiskret?«

»Aber ich bitte Sie. Es ist doch völlig normal, jemandem, den man nicht kennt, solche Fragen zu stellen!«

»Sie haben recht. Was machen Sie beruflich?«

»Ich bin Flieger. Ich lösche Brände.«

»Ah, jetzt verstehe ich. Sie fühlen sich als Wrack, weil sie von dort oben immer nur verbrannte Erde sehen. Und warum kommen Sie immer noch ans Meer, obwohl der Sommer vorbei ist?«

»Weil ich es mag und auch weil ...«

»Ja?«

»Weil Sie auch immer herkommen. Ich beobachte Sie.«

»Und warum?«

»Weil Sie so anders sind als die Menschen, die ich sonst kenne. Weil Sie so begeistert von dem Essen sind, das Sie immer mitbringen und das gegen Krebs helfen soll, und von

Ihrem jeweiligen Turban, den Sie irgendwann immer abnehmen, als wären Sie gerade beim Friseur gewesen und wollten Ihre neue Frisur zeigen. Ein bisschen wirken Sie auf mich wie die Überlebende einer Katastrophe. Wie es scheint, seid ihr frohen Gemüter ziemlich widerstandsfähig.«

»Frohe Gemüter. Wie nett. Und es stimmt schon, dass ich ein bisschen anders bin. Das heißt, es kommt durchaus vor, dass ich manchmal anders handle oder denke als andere. Aber die normale Welt, so wie sie ist, scheint lauter Wracks wie Sie hervorzubringen, warum, weiß ich nicht, oder Leute mit Krebs wie mich. Deswegen sollten wir uns eine ganz andere Art zu denken oder zu handeln antrainieren, um herauszufinden, ob sich die Welt verändert.«

»Und wie stellen Sie sich ein solches Training vor?«

»Na ja, mein Training besteht darin, dass ich häufig genau das Gegenteil von dem tue, was normal ist und was alle von mir erwarten. Soll ich Ihnen ein paar Trainingsbeispiele geben?«

»Um was zu trainieren?«

»Zum Beispiel, wie man Gewaltlosigkeit trainieren kann.«

Sie erzählte ihm von ihrer Anfangszeit auf Sardinien, nachdem sie vom Festland hierhergezogen waren und die anderen Schülerinnen ihr das Leben schwergemacht hatten, nur weil sie einen anderen Akzent hatte als sie. Und wie sie einen Verteidigungsplan ersonnen hatte, eine Art Experiment: Sobald die Mädchen sie wieder hänselten, war sie am nächsten Tag in der Schule doppelt so nett zu ihnen. Und tatsächlich hörten ihre Feindinnen, die dachten, sie wolle sich bei ihnen einschmeicheln, eine Zeit lang auf, sie zu verfolgen und sie nachzuäffen. Sie luden sie sogar zu sich nach Hause ein, um gemeinsam Hausaufgaben zu machen, oder zu ihren Geburtstagsfeiern. Aber das taten sie nur, weil sie miterleben wollten, wie das Opfer dem edelmütigen Henker die Hand küsste, ehe er die langsame Hinrichtung wiederaufnahm. Doch Felicitas Plan bedeutete nicht, dass sie passiv blieb, und sie schlug die Einladungen aus. Bei allem Respekt, meinte Felicita abschließend, aber menschlich gesehen habe sie diesen Mitschülerinnen nichts abgewinnen können.

»›Bei allem Respekt‹, sehr schön formuliert!«

»Wie dem auch sei, jedenfalls war meine Handlungsweise unberechenbar, was meine Widersacherinnen ziemlich verwirrte. Sie kamen zu dem Schluss, dass mit mir nicht zu spaßen sei. In meinem zweiten Schuljahr auf Sardinien wurde es dann schon besser. Weil ich inzwischen ebenfalls mit sardischem Akzent sprach und mich scheinbar angepasst hatte? Oder aber weil meine Gewaltlosigkeit und mein friedlicher Widerstand funktioniert hatten? Denn die überraschen und verwirren den Gegner. Wollen Sie ein anderes Beispiel hören, und zwar eins für den gewaltlosen Kampf gegen Kriminalität?«

»Aber sicher.«

»Einmal habe ich an einer Straßenecke einen dieser Geisteskranken gesehen, der masturbierte. Ein junger Mann, keineswegs hässlich. Ich hatte keine Angst, er tat mir einfach nur leid. Also habe ich zu ihm gesagt: Wie kommt es, dass ein junger Mann wie Sie so was macht? So als hätte ich vor, mit ihm über seine Probleme zu sprechen. Da hat er schnell die Hose hochgezogen und ist verschwunden.«

»Eine unglaubliche Geschichte.«

»Sie ist aber wahr. Dafür sind unzählige Lügen im Umlauf, die wir ohne mit der Wimper zu zucken, für bare Münze nehmen.«

»Zum Beispiel?«

»Zum Beispiel, dass die Guten Versager und den anderen unterlegen sind. Und was man übers Kranksein so sagt, stimmt auch nicht. Kranksein hat auch Vorteile. Zum Beispiel kann man sich dann getrost auf die faule Haut legen, weil die anderen glauben, dass man dazu jedes Recht hat, oder man kann tun, wozu man gerade Lust hat, weil sie denken, dass man sowieso nicht mehr lange leben wird.«

DRITTER TEIL

Amerika

42

Felicita wäre statt mit Perücke natürlich lieber mit ihrem schönen, dichten welligen Haar nach New York, in Gregorios gelobtes Land, geflogen und auch lieber aus einem anderen Anlass, aber ihr Sohn war nach einer Panikattacke in ein Krankenhaus eingeliefert worden.

Es ging ihm schlecht, weil Judith, seine erste große Liebe, gestorben war, eine Sängerin mit wunderschönem rotem Haar und grünen Augen. Ihre Urgroßeltern, reiche deutsche Juden, hatten unter den Nazis alles verloren und waren in die Vereinigten Staaten emigriert.

Judith wohnte bis zu ihrem Tod noch bei ihrem Großvater, während ihre Eltern, Geschwister und Onkel und Tanten, die ebenfalls in New York geboren waren, dem Ruf ihres gelobten Landes gefolgt und nach Israel übergesiedelt waren.

Sie hingegen hatte es vorgezogen, zu bleiben. Ihr gelobtes Land war nicht Israel, sondern ein verbissener, unbezwingbarer Drang, sich dafür zu rächen, dass das Leben so ungerecht zu ihr war. Sie war eine begabte, aber noch nicht berühmte Sängerin, und das war auch der Grund, warum sie sich so grämte und schließlich selbst hasste. Manchmal, wenn es kalt war, ging sie nur mit einem leichten Sommermantel bekleidet und ohne Schirm hinaus, und das tat sie absichtlich, damit ihr die Stimme wegblieb. Aber das nützte ihr nichts, denn niemand nahm Notiz von ihr, und sie trat weiter für eine Handvoll Dollar in irgendwelchen Kneipen auf. Als sie wieder einmal bei Rot über die Straße gegangen war, hatte ein Auto sie erfasst und getötet.

Das hatte Gregorio nervlich nicht verkraftet. Bis zu Felicitas Ankunft hatte sich Judiths Großvater um ihn gekümmert, der sich, wie bei Juden üblich, zum Zeichen der Trauer einen Bart hatte wachsen lassen. Jetzt saß er mit Felicita und Gregorio im Zimmer seiner Enkelin, wo noch der Duft ihres fruchtigen Schaumbads in der Luft hing.

Während der Großvater seine Familiengeschichte erzählte, brach er immer wieder in Tränen aus; er sprach Englisch, unter das er geheimnisvoll klingende hebräische Sätze mischte, die Gregorio für seine Mutter übersetzte.

Er wurde in der großen, familieneigenen Villa in Baden-Baden geboren. Im Jahr 1933 lebten noch einige sehr reiche Juden in dem noblen Kurort mit seinen gekiesten Auffahrten, kleinen Seen, Springbrunnen und »arischen« Bediensteten mit weißen Handschuhen und waren vor der Verfolgung durch die Nazis sicher. Noch war es den Juden nicht gesetzlich verboten, »Arier« zu beschäftigen. Die Mutter verbrachte dort, fern der Großstadt, die Zeit ihrer Schwangerschaft.

Aber noch in Windeln war er mit den Eltern nach New York gekommen und hatte seine ersten Schritte hier in Harlem gemacht, in diesen Straßen, die immer ein bisschen glitschig waren, auch wenn es nicht regnete, und in dem einzigen Zimmer, das sie bewohnten und wo an zwei Leinen, die von einer Wand zur anderen gespannt waren, immer tropfnasse Wäsche zum Trocknen hing. Der Vater hatte wie viele andere jüdische Einwanderer damals einen kleinen Trödelladen eröffnet, und es war ihm und seiner Frau einigermaßen gelungen, ihre Würde zu wahren. Ja, sogar eine gewisse Eleganz, die auf die Bewohner dieses Viertels ein wenig merkwürdig wirkte.

Doch das beruhte auf Gegenseitigkeit, denn die anderen erschienen ihnen genauso sonderbar. Wie konnten sie, die feinsinnigen, kultivierten deutschen Juden, die amerikanische Angewohnheit, mit Lockenwicklern einkaufen zu gehen oder im Pyjama aus der Haustür zu treten und die Eingangstreppe zu fegen, anders als merkwürdig empfinden?

Der Beschluss, nach Amerika zu emigrieren, sei weitsichtig von seinen Eltern gewesen, fuhr Judiths Großvater fort. Sie seien wirklich sehr reich gewesen: Unter anderem besaßen sie ein herrschaftliches Haus in Köln und besagte Villa in Baden-Baden, dem bei russischen Aristokraten zu Zarenzeiten so beliebten Bäderstadt. Seine Eltern verkauften alles, doch der Verkaufserlös war mager und reichte gerade einmal für die Reisedokumente und die Schiffspassagen nach Amerika. Und dann mussten sie sich von anderen Juden, die in Deutschland blieben, den Vorwurf gefallen lassen, ihnen fehle der Mut zum Bleiben, sie seien zu ängstlich.

Aber seine Eltern waren ganz anderer Meinung gewesen. Es bedürfe im Gegenteil großen Mutes, um alles hinter sich zu lassen, sich einzuschiffen und in Ellis Island anzukommen mit nichts als einem Überseekoffer, worin sich das wenige befand, was sie von ihren ganzen Besitztümern hatten retten können: ein Tafel- und ein Teeservice, eine Tischdecke und zwei bestickte Laken, je eine Sonntagsgarnitur für die Eltern, ein Fotoalbum, eine Menora und die mit Glückwünschen bestickten Hemdchen für das Baby.

Die Heimat zu verlassen sei für sie vor allem eine Pflicht gegenüber ihm, dem Neugeborenen, gewesen, erklärte der

Großvater, denn noch mehr als das zu erwartende Grauen fürchteten sie eine noch tückischere Gefahr, und zwar dass sich ihre Kinder, dadurch dass sie der abgrundtiefen Verachtung seitens der *Goi* ausgesetzt gewesen wären, irgendwann tatsächlich verachtenswert gefühlt hätten.

Das wäre auch weitaus schlimmer gewesen als die Armut und ihr elendiges Leben in Harlem, wo man zwar ebenfalls diversen Belästigungen ausgesetzt war, aber nicht weil man Jude war.

Und so sei er also in New York aufgewachsen, erzählte Judiths Großvater weiter, im schwarzen Ghetto, zusammen mit anderen Armen, umgeben von Kleinkriminellen und Prostituierten, im armseligen Laden seines Vaters. Aber Harlem habe auch schöne Seiten. Die Leute dort seien offener gegenüber Fremden als die Menschen in den wohlhabenden Gegenden, sie hälfen einem, so gut sie konnten, wenn man der Hilfe bedürfe, und leisteten einem Gesellschaft, wenn man sich einsam fühle.

Außerdem gebe es den Jazz, der die Menschen fröhlicher und zuversichtlicher werden ließ. Einmal war seinem Vater etwas Ungewöhnliches passiert. Ein Musiker brachte ihm eine Trompete, er wollte sie verkaufen. Sein Vater, der großen Respekt und tiefe Bewunderung gegenüber Musikern empfand, gab ihm zwar das Geld für die Trompete, weigerte sich aber, sie zu behalten. Das war im Jahr 1955, und der Musiker hieß Quincy Jones, der von 1954 bis 1956 in Harlem wohnte.

Kurzum, für ihn und seine Familie habe sich New York letzten Endes als das gelobte Land entpuppt. Wenn seine Eltern ihm von dem luxuriösen Leben in Köln und Baden-Baden erzählten, klang es nach einem Märchen, als wäre ihr früheres Leben gar nicht wirklich gewesen, sondern ein Theaterstück mit prunkvollen Kulissen aus Pappmaché. Und nach dem Applaus gehen alle nach Hause.

Diese Märchen seien jedoch für seine Kinder und später auch für Judith schwer zu ertragen gewesen. Seine Kinder hätten begonnen, von einem »Großisrael« zu träumen, wo sie sich als Helden hervortun wollten, als tapfere Pioniere, glaubten sie doch, dass sich alle Probleme, gleich welcher Art, an dem einzigen Ort auf der Welt, wo sich ein Jude zu Hause fühlen konnte, in Luft auflösen würden.

Aber in Wahrheit könne kein gelobtes Land seinem Ruf gerecht werden. Und so habe sich auch Israel bald als bloßer Traum erwiesen.

Er dagegen sei in New York geblieben, in Harlem, mit seiner Enkelin Judith.

Sie habe sich immer dafür geschämt, hier zu wohnen, und nie jemanden nach Hause eingeladen. Sie habe von einer Villa auf Long Island geträumt oder einer Wohnung in der Upper East Side. Immer wieder habe sie gesagt, Leute unseres Standes, so tief gefallen, und sich damit auf den Verlust der Baden-Badener Villa, des herrschaftlichen Hauses in Köln und der zahlreichen Bediensteten bezogen. Als schiene sie nicht zu wissen, welches Schicksal den Juden widerfahren war, die beschlossen hatten, ihren Wohlstand nicht aufzugeben.

In Judith habe eine solche Wut gelodert, dass sie am liebsten Holofernes enthauptet hätte, meinte der Großvater, aber diese Zeiten seien nun mal vorbei.

Oft habe er sie in ihrem Zimmer weinen hören, aber wenn er versucht habe, sie zu trösten, ihr zu sagen, dass sie, wie er finde, keinen Grund habe, so verzweifelt zu sein, habe sie geantwortet: »Ich werde immer ein Niemand bleiben, ich könnte ebenso gut in diesen Kneipen kellnern, statt zu singen, im Grunde läuft es aufs Gleiche hinaus.«

Aber nun hatte er allen Grund zum Weinen. Und Gregorio und seine Mutter weinten mit ihm.

43

Felicita schlief in Judiths Bett, unter der Daunendecke, die noch den Duft von Judiths fruchtigem Schaumbad barg, in dem Zimmer, wo der Großvater die Zeit angehalten hatte, als könnte die Enkelin von einem Moment auf den anderen wieder zurückkehren: über die Stuhllehne drapierte Kleidungsstücke, als warteten sie nur darauf, dass sie hineinschlüpfte, an einem Haken an der Tür der Bademantel, die Songhefte noch aufgeschlagen auf dem Schreibtisch.

Die Mutter hielt Gregorio, der am Fuß des Bettes auf einer aufblasbaren Matratze lag, die ganze Nacht hindurch die Hand.

Am nächsten Morgen zogen sie in Gregorios Zimmer um, das ungefähr zwanzig Querstraßen weiter nördlich lag. Aber bevor sie gingen, brachte Felicita einen Pecorino aus ihrem Koffer zum Vorschein, um sich bei Judiths Großvater für dessen Gastfreundschaft zu bedanken und dafür, dass er sich so lieb um Gregorio gekümmert hatte. Ehe sie nach New York aufgebrochen war, hatte sie sich gefragt, was ein Jude überhaupt essen dürfe, und war zu dem Schluss gekommen, dass sie mit Pecorino bestimmt nichts falsch machen könne, schließlich war Israel ein genauso karges Land wie Sardinien, also musste es auch dort Schafe und Ziegen geben.

Gregorio wohnte zur Untermiete bei einer aus Haiti stammenden Frau – sein winziges, dunkles Zimmer lag zu einem von Taubendreck verkrusteten Innenhof hinaus.

Im Flur hing eine große Landkarte der Antillen, und die zahlreichen, in der ganzen Wohnung verteilten Konsolen und Tischchen waren mit allerlei exotischem Schnickschnack und kleinen Holzstatuen bestückt.

Die Hausherrin, Jacqueline, war so gut wie nie da. Sie verließ früh am Morgen das Haus, um in den Straßen von Harlem zu joggen, weil sie sich fit halten wollte, dann kehrte sie kurz zurück, um sich für die Arbeit fertig zu machen, verließ erneut das Haus und kam erst spät am Abend wieder zurück. Gregorio wusste nichts über sie, und Jacqueline wusste nichts über ihn. Aber sie und Felicita hatten sofort einen Draht zueinander, auch wenn sie nicht dieselbe Sprache sprachen. Jacqueline war auf Anhieb aufgefallen, dass Felicita eine Perücke trug. Sie zog sie immer erst aus, wenn sie sich sicher war, dass Gregorio schlief. Vielleicht bot Jacqueline ihr deswegen ein mietfreies Zimmer mit einem großen Fenster an, das auf die 157. Straße hinausging. Es war möbliert mit einem Schrank, einem Schreibtisch, einem Esstisch mit vier Stühlen und sogar einem Sessel. Abends erleuchteten die Straßenlampen das Zimmer. Wenn Felicita die Tür angelehnt ließ, klopfte Jacqueline zwei-, dreimal an und fragte sie, ob sie ihr beim Abendessen Gesellschaft leisten wolle. Wobei sie immer nur Fast Food direkt aus einer Papiertüte oder einem Plastikbehältnis aß. Wenn sie ihr dabei zusah, bekam Felicita Mitleid. Und wie zu Hause für Marianna bereitete sie von nun an frisch gekochtes Essen für Jacqueline zu und ließ es für sie auf dem Küchentisch stehen.

Gregorio war zunächst nicht in der Lage, sein normales Leben wiederaufzunehmen. Einmal versuchte er, mit der

U-Bahn zu fahren, kam aber kurz darauf panisch wieder nach Hause und schlüpfte schnell unter die Bettdecke zurück.

Wenn sich seine Mutter zu ihm auf die Bettkante setzte, erzählte er ihr jeden Tag ein bisschen mehr von seinem bisherigen Leben in New York. Ob sie noch mal ein Foto von Judith sehen wolle? Er hatte es in seinem Computer gespeichert. Hatte sie nicht wunderschöne rote Haare und grüne Augen?

Zusammen seien sie in verschiedenen Kneipen aufgetreten, erzählte er. Die Leute applaudierten ihr begeistert, und sie spielten noch ein Stück und noch ein Stück, bis spätnachts. Hinterher sagte Judith jedes Mal, dass sie richtig gut gewesen seien. Sie fragte ihn, ob er es nicht lieber ihr überlassen wolle, mit den Lokalinhabern zu reden, weil sie fürchtete, er sei zu gutmütig, um die Konditionen auszuhandeln. Dann nahm sie seinen Kopf zwischen die Hände und gab ihm einen Kuss. Er sei ein außergewöhnlicher Jazzmusiker, und irgendwann würden sie zusammen die berühmtesten New Yorker Clubs füllen, meinte sie. Immer wenn sie sich in seinem winzigen Zimmer liebten, sagte Judith: »Wie schafft man es bloß, an einem solchen Ort zu leben?«

Vor dem Haustor wimmele es vor Mäusen und türmten sich die Müllsäcke, beklagte sie sich. Zwar sei ganz New York voller Mäuse und Müll, aber in gewissen Vierteln sei das Problem nicht so sichtbar. Hier hingegen müsse man die Augen schließen, sich die Nase zuhalten und schnell durchs Tor schlüpfen. Außerdem sei das Zimmer so klein, dass sich die Schranktür nur einen Spaltbreit öffnen ließ. Es gebe keinen Schreibtisch, ja nicht einmal einen kleinen Tisch, und durch das winzige Fenster blicke man direkt auf den Unrat im Innenhof.

Aber er fühle sich trotzdem wohl in diesem Haus, erklärte Gregorio. Er habe noch nie Mäuse vor dem Hauseingang bemerkt, und mit einem Schreibtisch könne er sowieso nichts anfangen. Die Feuertreppen faszinierten ihn, und hinter den Mietskasernen gab es *neighbourhood gardens*, Gärten, um die sich einige Bewohner des Viertels kümmerten. Zwar konnte er sie von seinem Fenster aus nicht sehen, aber er brauchte bloß hinunterzugehen. In seinem Mietshaus wohnten Mexikaner und Menschen aus der Karibik einträchtig nebeneinander. Er habe sogar angefangen, Spanisch zu lernen, sagte er stolz. Dieses Viertel habe für ihn etwas Heiteres. Das hier sei das wahre Amerika. Abends hätten Judith und er immer wieder die gleichen schwierigen Diskussionen geführt. Aber kaum waren sie im Bett, war die Welt, im Dunkeln, wieder in Ordnung.

Morgens allerdings, nach dem Aufwachen, hätten die ewigen Wortwechsel wegen des Honorars für ihren jeweiligen Auftritt am Abend wieder begonnen. Von den vierzig Dollar, die jeder von ihnen bekam, gingen allein fürs Taxi zwanzig Dollar drauf, weil sie ja das Keyboard und die Lautsprecher transportieren mussten. Judith sei der Auffassung gewesen, er würde sich unter Wert verkaufen, für einen Hungerlohn arbeiten und nicht merken, dass sie ihn über den Tisch zogen, aber dickköpfig, wie er sei, lasse er sich einfach nichts sagen.

Dann habe sie ihn gebeten, sie eine Weile allein zu lassen, ein bisschen rauszugehen, auch wenn es regnete und er nur einen dieser billigen Regenschirme hatte, die sich beim ersten Windstoß verbogen. Aber wenn er dann tropfnass zurückgekommen sei, habe sie mit reumütiger Miene die Tür aufgemacht, seine eiskalten Hände zwischen ihre genommen und gemeint, es sei gefährlich für einen Pianisten, an den Händen zu frieren. Er dürfe nie vergessen, Handschuhe anzuziehen. Alles hänge von seinen Händen ab, ob ihm das nicht klar sei? Sie würde ihm ein schönes Paar Handschuhe kaufen, die für New York geeignet seien, die schönsten Handschuhe, die es in der Stadt gebe.

»Danke, aber das ist nicht nötig«, erwiderte Gregorio, »ich würde sie sowieso nur irgendwo liegen lassen und dann ...«

»... stiehlt sie jemand?«

»Nein. Die Diebe würden gar nicht dazu kommen, sie zu stehlen, weil ich sie davor verlieren würde.«

Da habe sie aus vollem Hals gelacht, und sie hätten sich wieder versöhnt.

Manchmal erzählte ihm Judith von ihren Urgroßeltern, die gerade noch rechtzeitig nach Amerika emigriert waren, solange den Juden die Ausreise aus Deutschland noch erlaubt war, vorausgesetzt, sie ließen ihren ganzen Besitz zurück.

»Und das war ihre Rettung«, unterbrach Gregorio sie eines Abends.

»Sich selbst und seine Nachkommen zu diesem elenden Leben zu verdammen nennst du Rettung? Nein, ich muss um jeden Preis reich und berühmt werden, nach Deutschland zurückkehren und das große Haus in Köln und die Villa in Baden-Baden zurückkaufen.«

»Aber die sind bestimmt von den Bomben zerstört worden.«

»Nein, eben nicht. Durch eine Laune des Schicksals sind sie stehen geblieben. Ich habe es mit eigenen Augen gesehen. Auf meiner einzigen Reise nach Deutschland. Unsere Häuser gibt es noch. Es scheint, als wäre von ganz Köln nur der Dom und wie zum Spott unser Haus verschont worden.«

»Und hast du geklingelt und dich vorgestellt?«

»Da sieht man mal wieder, dass du keine Ahnung von reichen Menschen hast. Unsere Häuser sind keine, bei denen man einfach klingelt, und jemand macht auf.«

»Eure? Hast du eure gesagt?«

»Unsere. Ja, unsere Häuser. Aber ich wollte dir gerade erklären, dass, wenn man dort klingelt, zuerst die Hunde und dann die Bediensteten kommen. Und die fragen dich aus, wer du bist und was du willst. Du kannst da nicht einfach so hineinspazieren.«

»Aber hast du nun geklingelt oder nicht?«

»Nein, die hätten mich für verrückt erklärt. Aber wenn ich einmal reich und berühmt bin, dann ist das etwas anderes. Verstehst du, was ich sagen will? Wenn ich mir einen Namen gemacht habe, einen richtigen Namen!«

Gregorio musste lachen. »Tut mir leid, ich wollte mich nicht über dich lustig machen. Aber stelle dir mal diese Szene vor: Du klingelst am Eingangstor und stellst dich als berühmte Jazzsängerin vor; dann schlägst du den Eigentümern vor, nein, du verlangst, dass sie ausziehen, und zwar weil ihr Haus bis 1933 deiner Familie gehört hat.«

»Aber nein, ich werde es ihnen doch abkaufen! Ich kaufe es ihnen ab, verstehst du!«

Laut Judith war das Leben in New York nur unter bestimmten Voraussetzungen erträglich. Was gar nicht ging: Einkäufe selbst zu erledigen, Tüten nach Hause zu schleppen und die Wäsche selbst zu waschen, denn in fast allen Mietskasernen waren Waschmaschinen verboten, und nur in luxuriösen Gebäuden war ein Stockwerk ausschließlich dem Wäschewaschen vorbehalten. Außerdem musste man genügend Geld haben, um sich ein Taxi leisten zu können, um in der Stadt von A nach B zu gelangen, ideal war ein Wagen samt

Chauffeur, wegen des Parkplatzproblems. Kurzum, wenn man in New York gut leben wollte, müsse man reich sein. Wobei es in ihrem Fall darum gehe, wieder reich zu werden, denn in ihren Augen war das Schicksal es ihr schuldig, ihr das zu ersetzen, was ihr gestohlen worden war.

Als Jacqueline nach ein paar Wochen die Gelegenheit hatte, Felicitas Zimmer zu vermieten, war für sie der Moment der Rückkehr gekommen.

Weil es Gregorio wieder besser ging, konnte Felicita beruhigt abreisen. Er hatte immer noch nicht bemerkt, dass sie eine Perücke trug, und ihr sogar ein Kompliment wegen der neuen Frisur gemacht.

Er konnte seine Mutter nun beruhigt ziehen lassen, weil gleich im Anschluss Gregorios alte Schulfreundin Dora auf Besuch kommen wollte, nachdem sie von seiner Krise gehört hatte. Ihr Verlobter meinte, auf jemanden wie Gregorio müsse er bestimmt nicht eifersüchtig sein.

44

Felicita war es schließlich gelungen, ihren Sohn zu überreden, endlich mal wieder aus dem Haus zu gehen. An ihrem letzten Tag in New York fuhren sie nach Ellis Island. Diese Insel verkörperte das, was Amerika ausmachte, und das wollten sie begreifen.

Bei Morgengrauen brachen sie in Harlem auf. Um rechtzeitig am Anleger zu sein, rannten sie das letzte Stück. Am Ende der Straße ragten die vertikalen Balken der Wolkenkratzer kerzengerade in den Himmel und sahen aus wie Federstriche. Sie nahmen die erste Fähre nach Ellis Island, das sich vor ihnen aus dem violetten Nebel herausschälte. Begleitet vom Flug der Vögel, näherten sie sich der Freiheitsstatue und legten an. Auf Anhieb war da dieses Gefühl des Wiedererkennens. Das hier war Amerika, und Felicita begann zu weinen.

»Du weinst sonst nie«, sagte Gregorio. »Warum ausgerechnet jetzt?«

»Ich weiß auch nicht.«

Aber sie wusste es sehr wohl. Sie war in Tränen ausgebrochen, weil plötzlich alle möglichen Bilder auf sie einstürmten. Esters Nähmaschine und ihr eigenes, unnützes Brautkleid, die vergilbten Hochzeitseinladungen, die die Hochzeit von Felicita und Sisternes ankündigten, die lebensrettenden Reisedokumente von Judiths Urgroßeltern, die vor Hitler geflohen waren, und der Visumsstempel in Gregorios Reisepass, die *Große Jazzenzyklopädie* ihres Vaters, das Klavier in ihrer Wohnung im Hafenviertel von Cagliari.

Doch sie fing sich bald wieder. In New York gab es wie in Genua und Cagliari das Meer, einen Hafen und Schiffe, und hier wie dort ließ es sich leicht träumen. Und vielleicht dachte Ester ja gar nicht mehr an das Brautkleid und die Hochzeitseinladungen. Jetzt träumte sie davon, dass ihr Enkel berühmt wurde. Und vielleicht würde sich Gregorio ja in eine andere Sängerin verlieben, eine mit braunen Augen und braunen Haaren. Eine, die genau wie Gregorio nach New York gekommen war, weil es das gelobte Land für alle Jazzmusiker auf der ganzen Welt war. Vielleicht auch sie eine Jüdin, aber eine, deren Familie nach Australien emigriert war, in das Land, wo man sie nach dem Zweiten Weltkrieg willkommen geheißen hatte und wo niemand sie hasste.

Als Felicita am nächsten Tag mit dem Taxi zum Flughafen fuhr, sah sie im Wagenfenster New York an sich vorbeiziehen, schön die in Herbstfarben gestrichenen Gebäude mit den Eingangstreppen und eleganten Geländern, den Feuertreppen, die sich an den Fassaden emporrankten, und die alten Wolkenkratzer aus einer vergangenen Zukunft.

So viele verschiedene Leute aus verschiedenen Ländern waren hier gelandet, aus unterschiedlichen Motiven, unzählige Weiße, Schwarze, Gelbe, Rote, alle auf der Suche nach der perfekten Welt. Sie hatten New York gefunden und waren dortgeblieben, hatten beschlossen, hier ihre strapaziöse Reise zu beenden. Und in weniger als drei Jahrhunderten hatten sie ein wahres Meisterwerk erschaffen, dachte Felicita, während sie aus dem Fenster blickte.

45

Felicita sah ihn schon von Weitem, ganz allein am Meeresrand, im vom Schirokko verwirbelten Nebel, der das Kreischen der Vögel am Himmel schaurig klingen ließ, der Strand ein einziger Algenteppich. Ja, er war es, der Mann, der eingemummt in eine Kapuzenjacke, die Hände in den Taschen vergraben, am Wassersaum entlangspazierte.

Als er sie erblickte, ging er ihr entgegen. »Ah, da sind Sie ja wieder!«

»Ich hätte Sie gern angerufen, hatte Ihre Telefonnummer aber nicht, ich weiß ja nicht einmal, wie Sie heißen.«

»Gabriele.«

»Das ist ja der Name eines Engels.«

»Damit kenne ich mich nicht aus. Ich bin trotz des Wetters zum Strand gekommen, weil ich hoffte, Sie hier zu treffen.«

»Und hier bin ich, bin gestern erst zurückgekehrt.«

»Aus dem Krankenhaus?«

»Nein, aus New York.«

»Ah, haben Sie Ihren Sohn besucht?«

»Ja. Er hatte Kummer, und wir mussten dringend miteinander reden.«

»Und, hat das Reden mit Ihnen etwas genützt, und geht es ihm jetzt besser?«

»Ja. Ja, es geht ihm besser.«

»Und darf ich fragen, was für ein Kummer es war?«

»Wegen einer Frau.«

»Ach so, also nichts Schlimmes. Dann waren Sie in New York, soso. Ich war noch nie dort.« Er eilte ihr voraus, am Wasser entlang. »Und, hat es Ihnen gefallen?«

»Sehr.« Sie hatte Mühe, bei seinem Tempo mitzuhalten, und musste fast schreien, um das Rauschen der Brandung zu übertönen. »Eine Stadt, die die Zukunft bereits hinter sich hat und wo die Wolkenkratzer alt sind. Sie kam mir recht merkwürdig vor.«

»Sie sind wohl keine großen Städte gewöhnt, nicht wahr?«

»Es hat nichts damit zu tun, dass es eine Großstadt ist. Ich versuche es Ihnen zu erklären. Einmal habe ich auf der Straße eine Dame gesehen, die auf den ersten Blick klassisch elegant wirkte, mit Perlenkette und Perlenohrringen, Schuhen und einer Handtasche von Chanel. Sie trug eine bis oben zugeknöpfte Bluse und ein Kostüm, nur dass vom Kostüm etwas fehlte, nämlich der Rock. Oder Menschen, die mit aufgespannten Schirmen durch die Straßen gingen, nachts und ohne Regen, wieder andere haben an einer Ampel Gymnastikübungen gemacht. Einmal habe ich eine Gruppe Menschen in Abendkleidung aus einer Limousine steigen sehen, die Frauen in paillettenbesetzten Kleidern und die Männer mit Krawatten. Und wer stieg als Letzter aus? Ein Mann, der wie ein Bergsteiger angezogen war. Wieso war er mit dieser Abendgesellschaft zusammen, und was sucht ein Bergsteiger oder jemand, der wie ein Bergsteiger angezogen ist, in New York? Gregorio hat mir erzählt, dass an Ostern ganz vornehme Leute mit Hüten voller Eiern, Hühnern und Küken durch die Straßen ziehen, als wäre es das Natürlichste auf der Welt, und an Weihnachten in Mützen mit blinkenden Lichtern.«

»Ob ich von Ihnen auch noch etwas Normales über New York erfahren werde?«

Endlich hielt er inne und sah sie amüsiert an. Dann legte er ihr einen Arm um die Schultern, nahm ihn sogleich wieder herunter, passte jetzt aber seinen Schritt ihrem langsameren Gang an und rannte nicht mehr voraus wie zuvor.

»Das ist längst nicht alles. Zum Beispiel habe ich alte Damen mit langen Zöpfen gesehen, und es waren nicht etwa Indianerinnen. Und, nicht zu vergessen, die Frau, die mit lauter Pelzschmuck behangen war und rosa Flipflops trug. Aber der seltsamste Anblick war die Katzenfrau.«

»Katzenfrau?«

»Schuhe und Tasche im Leopardenmuster, Tigermantel, um den Hals ein Luchsfell, die Bluse aus Jaguarfell. Aber als ich meinem Sohn von diesen Menschen erzählt habe, fand er es kein bisschen eigenartig.«

»Kann es sein, dass er etwas zerstreut ist?«

»Und wie. Er hat nicht einmal gemerkt, dass ich eine Perücke trug, sondern hat gemeint, meine neue Frisur steht mir wirklich gut. Er fand sie sehr modern. Und so musste ich ihm nicht sagen, dass ich Krebs habe. Aber ich möchte Ihnen noch eine andere Geschichte erzählen: In unserem Viertel, in der Marina, sind die Häuser nicht mehr als zwei, drei Stockwerke hoch. Einmal stand ich am Fenster, als Gregorio nach Hause kam. Plötzlich sehe ich einen Mann aus dem Fenster gegenüber springen. Ich habe einen Mordsschreck gekriegt, schließlich hätte er sich die Beine brechen können. Aber stattdessen ist er einfach aufgestanden und weggelaufen. Dann habe ich im selben Fenster, aus dem er gesprungen ist, unsere Nachbarin von gegenüber gesehen, und die hat sich tausendmal für den Schrecken entschuldigt, den der Mann uns eingejagt hat: Tut mir leid! Also so was! Da hat mein Sohn zu ihr hochgeschaut und gemeint: Signora, so was kann doch jedem von uns passieren. Als er hereinkam, hab ich ihn gefragt: Und du findest es wirklich normal, dass man aus dem Fenster springt, statt die Tür zu benutzen? Darauf er: Nein, aber ich wollte nicht, dass es ihr peinlich ist.«

»Können Sie mir denn gar nichts Normales erzählen, was Sie in Amerika erlebt haben?«

»Eine schöne oder eine schreckliche normale Geschichte?«

»Eine schöne bitte.«

»Die Visastempel in den Reisepässen. Stellen Sie sich all diese armen oder verfolgten Menschen vor, die einen Visumsstempel in ihren Pässen erhalten haben, um in Amerika einzureisen. Und was für sie Ellis Island gewesen sein muss, die Freiheitsstatue. Deswegen sind für mich all diese Visastempel die schönste normale Sache an Amerika.«

Der Mann vom Poetto-Strand, von nun an Gabriele, meinte, dass Amerika inzwischen nichts mehr zähle; die Vereinigten Staaten hätten, egal bei welchen Problemen auf der Welt, nichts mehr zu melden. Im Übrigen gingen ihm die Amerikaner schon seit Längerem gewaltig gegen den Strich, sie würden Unmengen von Öl verbrauchen und immer wieder Kriege anzetteln. Ein dermaßen bequemes, verhätscheltes Volk, das weder ein bisschen Wärme noch Kälte ertrug noch bereit war, selbst die kürzeste Strecke zu Fuß zu gehen. Jeden Meter legten sie mit ihren riesigen Schlitten zurück und verbrauchten beim Duschen literweise heißes Wasser.

Und jetzt gehe ihnen allmählich das Öl aus, und die arabischen Länder, die noch welches hätten, würden sich darauf vorbereiten, alle auszulöschen, die ihre Lebensart nicht teilten. Und zwar mit den Waffen, die wir ihnen verkauft hatten.

Als Erstes würde Israel verschwinden, in Anbetracht der Tatsache, dass es von Arabern umzingelt sei. Andererseits, wenn man bedenke, wie sich Israel gegenüber den Palästinensern verhalte …

»Dabei könnten sie doch einfach in einem einzigen Staat zusammenleben, die Araber und Israelis«, sagte Felicita seufzend.

»Warum sagen Sie es ihnen nicht?«

»Auf welcher Seite sind Sie – auf der der Israelis oder der Palästinenser?«

»Auf gar keiner. Im Übrigen werden die Palästinenser ebenfalls verschwinden, und zwar nicht wegen der Israelis, sondern wegen ihresgleichen, nämlich der Araber.«

»Oh, ich bitte Sie, sagen Sie doch bitte nicht solche Sachen. Was wird denn dann aus meinem Sohn? Meinen Sie, er wird weiter Musik machen können?«

»Nein, die Fundamentalisten dulden nur religiöse Gesänge.«

»Mein Sohn ist wirklich ein großartiger Musiker, er könnte etwas komponieren, zum Beispiel religiöse Gesänge verjazzen, das heißt, sie regelrecht auf den Kopf stellen. Die Jazzkomponisten tun das am laufenden Band, sie stellen bestimmte Musikrichtungen einfach auf den Kopf.«

»Und die Muslime werden bestimmt begeistert sein von ihren auf den Kopf gestellten Gesängen. Wie auch immer, wenn es nicht die muslimischen Fundamentalisten sind, die die Welt unterwerfen, dann sind es eben die Chinesen.«

»Und mögen die Jazz?«

»Wollen Sie darauf wirklich eine Antwort?«

»Aber natürlich. Es wird doch noch ein Volk geben, das Musik liebt und den Irrglauben ablegt, dass man nur ohne

Mitgefühl überleben kann. Die Menschen müssten einfach wieder mehr nach dem Evangelium leben. Das ist eine hervorragende Übung. Ich bin unwichtig, aber dieses Motto hatte auch Gandhi, der zu Lord Irwin sagte: Wenn sich Ihr Land und meins endlich über die Botschaft der Bergpredigt verständigen würden, dann wären nicht nur die Probleme unserer Länder, sondern auch die Probleme der ganzen Welt gelöst.«

»Und die Botschaft der Bergpredigt lautet, wenn du geschlagen wirst, halt auch noch die andere Wange hin?«

»Nicht ganz. In der Bergpredigt geht es um die Seligpreisung der Armen, denn ihnen gehört das Himmelreich. Auch noch die andere Wange hinzuhalten ist eine andere Botschaft, steht aber im Einklang mit dem ganzen Evangelium.«

»Also sollten wir Christen die andere Wange hinhalten, während die anderen uns kaltmachen?«

»*Die gute Tat ist nicht der schlechten gleich zusetzen. Weise (die Übeltat) mit etwas zurück, was besser ist (als sie), und gleich wird derjenige, mit dem du (bis dahin) verfeindet warst, wie ein warmer Freund (zu dir) sein.*«

»Kennen Sie den Koran etwa auswendig?«

»Fast. Das Evangelium auch. Meine muslimischen Freundinnen aus meinem Viertel und ich unterhalten uns oft über Religion. Und sie haben mir zu Weihnachten einen Koran geschenkt.«

»Wenn ich Sie richtig verstehe, ist Ihnen Hass fremd. Man hasst nur jemanden, den man nicht kennt, also müsste man einfach nur miteinander reden … Aber wie bringen Sie das Evangelium mit ihren kommunistischen Überzeugungen in Einklang?«

»Das ist zurzeit noch nicht möglich. Leider. Irgendwann ist mir klar geworden, dass ich völlig allein dastehe mit meinen Ansichten darüber, was der Kommunismus sein sollte, daher bin ich aus der Partei ausgetreten. In meiner Jugend war der Kampf der Kulturen zwischen den westlichen Demokratien und dem Kommunismus vorherrschend. Heute ist es der zwischen dem Westen und dem Islamismus. Und es gibt keinen Ausweg.«

»Ja, sieht ganz so aus, aber das wird man erst nach der Katastrophe wissen, die übrigens bereits in vollem Gang ist. Der Großteil der Menschen möchte den Tatsachen nicht ins Auge sehen. Sie halten verbissen an einer Welt fest, die so nicht weiterbestehen kann. Zum Beispiel die Industrie. Was macht es für einen Sinn, Industriezweige zu erhalten, die die Umwelt verschmutzen? Wegen der Arbeitsplätze? Und die Folgen? Was ist mit dem Klima? Nicht mehr lange, und wir werden auch in den heimischen Breitengraden, die bislang klimatisch ein Paradies waren, Starkregen, Unwetter, Wirbelstürme und Überschwemmungen erleben. Epidemien werden sich ausbreiten. Wir stecken doch schon bis zum Hals in der Katastrophe. Aber lassen Sie uns lieber über etwas anderes reden … Erzählen Sie mir von Ihrem Sohn. Ist er ein erfolgreicher Musiker?«

»Das weiß ich nicht«, antwortete Felicita. »Wir haben nicht darüber gesprochen. Über den Erfolg. Nun, viel Erfolg kann er nicht haben. Er wohnt an der Grenze zwischen Harlem und der Bronx, in einer Mietskaserne mit lauter Bewohnern, die jeden Tag mit ihrer Ausweisung rechnen müssen. Und wenn ich nach Hause kam, wimmelte es vor dem Hauseingang so von Mäusen, dass ich die Augen zumachen musste und gebetet habe, dass sie mich nicht beißen. Aber dann habe ich mich mit dem Gedanken getröstet, dass sie in Anbetracht des Mülls, der sich überall türmt, allzu hungrig nicht sein können.«

»Was meinen Sie damit, dass die Leute mit ihrer Ausweisung rechnen müssen?«

»Na ja, die Bewohner des Hauses kommen alle aus dem Süden, Mexikaner und so. In den USA gibt es Millionen illegaler Einwohner, denen die Ausweisung droht. Lauter nette Menschen. Ich habe mich mit ihnen angefreundet ... Aber jetzt erzählen Sie mir von sich. Ich habe Sie noch gar nicht gefragt, ob Sie Kinder haben.«

»Ja, einen Sohn, er ist längst erwachsen, verheiratet und hat eine Tochter.«

»Wie schön! Mein Sohn ist seit der Sache mit seiner Freundin sehr einsam. Und wohnt Ihr Sohn in Cagliari?«

»Ja, aber ich habe keinen Kontakt zu ihm. Ich will ihn gar nicht mehr sehen. Ich bin es leid, mir um ihn Sorgen zu machen. Ich möchte nichts mehr von ihm wissen. Und Sie? Machen Sie sich keine Sorgen wegen dieser verrückten Idee ihres Sohnes, sich als Musiker in New York seinen Lebensunterhalt zu verdienen? Haben Sie keine Angst, dass er auf ganzer Linie scheitern wird?«

»Nein. Ich mache mir überhaupt keine Sorgen wegen irgendeiner Art von Scheitern, weiß aber, dass manche darüber verzweifeln.«

»Darf ich fragen, was Sie arbeiten?«

»Ich bastle Neues aus weggeworfenen Dingen.«

»Was zum Beispiel?«

»Stiftehalter aus leeren Klopapierrollen, hübsche Schachteln aus Schuhkartons, Suppenschüsseln aus ehemaligen Eisbehältern. Aber auch hochwertigere Sachen wie Weihnachtsschmuck, Krippenfiguren aus Wachs, die aussehen wie aus Keramik, Tischdecken und Servietten, festlichen Tischschmuck, Papierblumen, Visitenkarten, Glückwunschkarten und viele andere Dinge mehr. Wie zum Beispiel Spielzeug aus Stoffresten. In Cagliari gibt es ein Geschäft, das unsere Sachen verkauft, und sie bestellen alles Mögliche bei mir, aber ich habe natürlich auch Privatkunden. Jetzt wissen Sie, was ich beruflich mache.«

»Sehr interessant. Eine originelle Art, seinen Lebensunterhalt zu verdienen.«

»Wollen Sie mich mal in meiner Werkstatt besuchen?«

»Sie haben eine Werkstatt?«

»Na ja, Werkstatt ist vielleicht übertrieben. Im Grunde ist es nur eine Ecke in meinem Schlafzimmer. Und ein Schlafzimmer ist es auch nicht wirklich, sondern nur die Hälfte von einem großen Zimmer, das durch eine Glastür von der anderen Hälfte getrennt ist.«

»Und, darf ich fragen – leben Sie allein?«

»Ganz allein. In der Liebe hatte ich kein Glück. Der Mann, den ich liebe, seit ich ein junges Mädchen war, der Vater meines Sohnes, hat meine Liebe nie erwidert.«

»Warum nicht?«

»Vielleicht weil ... weil ... vielleicht bin ich ihm zu dick. Eigentlich wäre ich ja schlank« – sie zeigte ihm ihre dünnen Handgelenke und Fesseln. »Aber meine von Natur aus schlanke Figur ist eben unter Speckfalten verschwunden ...«

»Hat er das tatsächlich zu Ihnen gesagt: Ich liebe dich nicht, weil du mir zu dick bist?«

»O nein. Dafür ist er viel zu höflich. Er sagt einfach nur, dass er mich nicht lieben kann, aber nicht weiß, warum. Er hat sich wirklich bemüht, das hat er, aber es ist ihm einfach nicht gelungen.«

»Tut mir leid«, sagte er, weil er laut lachen musste, »aber Sie schildern diese im Grunde doch recht dramatischen Dinge auf sehr komische Weise. Es klingt fast so, als wäre die Liebe Ihres Lebens, Ihr ehemaliger Verlobter, nicht einfach unfähig zu lieben, sondern als würde er unter chronischer Verstopfung leiden ...«

46

Es war eine Villa inmitten von viel Grün, eines dieser seltenen prunkvollen Anwesen in der Stadt.

Majestätisch und doch anmutig stand sie da, und um sie zu erreichen, musste man ziemlich weit über Kieswege gehen, die von Palmen und Blumenrabatten gesäumt waren.

Die Terrasse im oberen Stockwerk wurde auf der einen Seite von einem kleinen Turm und auf der anderen von einer halbkreisförmigen Kolonnade begrenzt. Beim Anblick der Fassade blieb einem der Mund offen stehen. Schade nur, dass sie so vernachlässigt worden war.

Die Natur hatte auf traurige Weise die Oberhand gewonnen, die verdorrten, schwärzlichen Pflanzen hatten keine Blüten, und der Rasen zu beiden Seiten der Zufahrt war eine Steppe.

Nach der Eingangstreppe und dem Vestibül folgte eine Reihe durch bogenförmige Durchgänge verbundener Salons. In jedem hing ein Kristalllüster an der Decke, die Diwane und Sessel waren mit Samt bezogen, Spiegel und Kamine nahmen ganze Wände ein, auf den Tischen lagen Spitzendecken, an den bodentiefen Fenstern Brokatvorhänge.

Eine riesige Treppe mit einer Balustrade aus schmiedeeisernen Ranken führte in das obere Stockwerk, und in die Mauern waren Buntglasfenster eingelassen wie in einer gotischen Kirche. Eine Villa für eine riesige Familie.

Für eine mindestens zwanzigköpfige Familie hatte der Architekt das Haus entworfen; sie alle hätten darin wohnen können, ohne sich je über den Weg zu laufen. Jeder hätte sein eigenes Arbeitszimmer gehabt, einen kleinen Salon und ein Schlafzimmer mit barockem Toilettentisch, auf denen noch die silbernen Utensilien lagen – Kamm, Bürste, Puderquaste, delikate mundgeblasene Parfümflakons.

Und schließlich der kleine Turm, aus dessen Fenstern man auf die Baumwipfel hinabblickte, alles so bemessen, dass eine zahlreiche Nachkommenschaft aus lauter kleinen Prinzen und Prinzessinnen hier bequem hätte wohnen können.

»Und sie hat keine Kinder bekommen«, beendete Felicita laut ihren Gedankengang.

»Deswegen hat sie mich damals ihrer armen Schwester abgekauft, die eine Tochter hatte, aber anscheinend ebenso gut auf sie verzichten konnte. In diesem Haus überkommt mich eine unsägliche Traurigkeit«, sagte Marianna.

»Dann schlag doch das Erbe aus. Du hast ja sowieso nicht damit gerechnet, dass deine Tante das Testament ändern würde. Schenk es doch armen alten Menschen, damit sie hier wohnen können.«

»Sag mal, meinst du das ernst?«

»Wenn ich ein Erbe bekäme, das mich runterzieht, würde ich darauf verzichten, da müsste ich gar nicht lange überlegen.«

»Das hier ist mein Haus.«

»Aber gefällt es dir wenigstens?«

»Wie sollte es mir nicht gefallen?«

»Aber du erfindest immer irgendwelche Ausreden, damit du nicht herkommen musst.«

»Es ist schmutzig, der Park voller Unkraut, das Wasser im

Springbrunnen ist faulig und stinkt. Die Mauern sind voller feuchter Flecken. Ich weiß gar nicht, wo ich anfangen soll, deswegen komme ich so ungern her.«

»Was den Park betrifft, kannst du Sisternes fragen, ob er dir hilft. Wer würde sich besser eignen als er, wenn es darum geht, einen Garten herzurichten?«

»Nein. Du hast recht. Ich vermache es den bedürftigen Alten und bleibe in der Marina wohnen, hänge weiter die Wäsche auf unserer elenden Terrasse auf, während ich mit dir darüber plaudere, wie man am besten Geld sparen kann. Es ist widerlich, in Armut zu leben, aber im Grunde ist es genauso widerlich, als Reicher zu leben.«

»Es wäre eine unglaublich gütige Geste, es den armen Alten zu schenken. Verzeih deiner Tante, Gott hab sie selig, und sag ihr nein, danke.«

»Ihr verzeihen? Das ist ganz klar ihre letzte bösartige Geste, um es mir heimzuzahlen. Damit ich es bereue, weil ich sie verlassen habe. Ich, die ich ihr ein und alles war, ihr Lebenssinn. Und trotzdem würde ich sie wieder verlassen, wenn sie noch leben würde. Im Übrigen habe ich nicht die Absicht, irgendeinem alten Menschen etwas zu vermachen.«

»Also ich finde, du solltest endlich loslassen. Irgendwann muss man sagen, es reicht jetzt, einen Schlussstrich unter die Vergangenheit ziehen, verzeihen und nach vorn blicken. So hat es Mandela in Südafrika gehalten gegenüber den weißen Rassisten und Togliatti nach dem Krieg gegenüber den Faschisten – könntest du es nicht auch tun, wo du sehr viel weniger Grund hast, nachtragend zu sein?«

Sie traten an eines der Fenster des Türmchens und blickten auf den Garten, und Felicita begann zu singen: ›You better find somebody to love! You better find somebody to love!‹

»Was singst du da?«

»*Jemanden zum Lieben* von Jefferson Airplane. Also, wenn du es ablehnst, es den Alten zu schenken, musst du unbedingt Sisternes bitten, dir mit dem Garten zu helfen.«

»Warum bist du eigentlich so versessen darauf, mich mit Pietro Maria zusammenzubringen?«

»Na ja, er hat schon so viele Frauen gehabt und keine von ihnen geheiratet.«

»Aber ist er nicht seit jeher dein Verlobter? Was habe ich da zu suchen?«

»Ich habe mehr als zwanzig Jahre versucht, sein Herz zu erobern. Jetzt bin ich es leid.«

»Und der Mann vom Poetto? Willst du ihn mir nicht mehr vorstellen? Ach was, das habe ich nur so dahingesagt. Dieses verflixte Erbe sorgt dafür, dass sich alles falsch anfühlt. Ich meine nicht die Möglichkeit, dass sich Pietro Maria für mich interessieren könnte, sondern überhaupt irgendein Mann. Ich würde dann sofort denken: Warum ist es nicht vorher passiert, in all den Jahren, als ich noch arm war?«

»So denken nur die Armen. Die Reichen kennen solche Gedanken nicht. Gingen den Reichen solche Sachen durch den Kopf, würden sie sich sofort von ihren Reichtümern befreien, weil niemand nur wegen seines Geldes geliebt werden möchte.«

»Weißt du was? Ich gehe zum Rathaus oder zur Provinzverwaltung oder Regionalverwaltung, wohin auch immer man sich in einem solchen Fall wendet, und schenke ihnen die Villa. Dann sollen sie ein schönes Altersheim daraus machen und Schluss, aus, Amen.«

»Das nennt sich wahre Güte.«

»Die unlogische Güte von Schwachköpfen.«

47

Sie saßen in Felicitas Küche, und Gabriele, ein Weinglas in der Hand, erzählte ihr, wie er sich von seinem allerersten Gehalt ein Stück Land außerhalb der Stadt gekauft hatte, wo er gut mit dem Bus hingelangen konnte, denn er besaß damals noch kein Auto.

Eine merkwürdige Entscheidung, aber er sei damals sehr weise und voller Tatendrang gewesen, habe das Gefühl gehabt, eine verheißungsvolle Zukunft liege vor ihm, und ein Stück Land sei ihm als eine gute Investition erschienen. Auf seinem winzigen Stück Land wuchsen ein Olivenbaum, ein Flecken mediterraner Macchia und ein paar Kaktusfeigensträucher.

Diese in grauer Vorzeit erworbene und seit Langem vergessene Parzelle sei ihm erst vor Kurzem wieder in den Sinn gekommen, nun, da er fast schon ein alter Mann sei, aber keineswegs weise, voller Tatendrang und hoffnungsvoll. Wie auch immer, vor einigen Wochen sei er wieder einmal hinausgefahren und habe das Stück Land tatsächlich wiedergefunden. Noch immer gebe es den Olivenbaum, die mediterrane Macchia und die Kaktusfeigensträucher. Er wisse nicht mehr genau warum, jedenfalls habe er in einem ungewohnten Anfall von Zuversicht angefangen, eine Holzhütte zu bauen, und ein paar landwirtschaftliche Geräte hineingestellt. Er habe sich gesagt, dass er, statt sinnlos zu altern, vielleicht hin und wieder dorthin hinausfahren könnte, um zu lesen, zu gärtnern und in der ein oder anderen sternenklaren Nacht auch dort zu schlafen.

Eines Tages, als die Nacht tatsächlich sternenklar zu werden versprach, sei er wieder einmal draußen geblieben, aber dann sei ein Sturm aufgekommen, der stärker und stärker geworden sei und schließlich alles zerstört habe.

Als er am nächsten Morgen fluchtartig weggefahren sei, dachte er, er würde dieses Stück Land wieder vergessen, denn es habe keinen Sinn mehr, voller Tatendrang und hoffnungsvoll zu sein. Aber nach wenigen Tagen sei er wieder hinausgefahren, den Wagen voller Gerätschaften, um die Hütte wiederaufzubauen. Und auf der Fahrt habe er wieder und wieder vor sich hingemurmelt, jede windige Nacht geht vorbei, jede windige Nacht geht vorbei.

Und das sei Felicitas Verdienst, die immer an den Strand gekommen sei und ihre merkwürdigen kleinen Mahlzeiten mitgebracht habe, mit denen sie Krebs und Übelkeit zu bekämpfen hoffte, auf dem Kopf immer einen ihrer Turbane, auf die sie so stolz sei. Felicita, die noch daran glaube, dass die Ressourcen der Allgemeinheit gehörten, und an die friedliche Lösung von Konflikten, kurzum an die Zukunft der Menschheit.

»Danke.« Felicita war sehr bewegt. »So was wärmt einem das Herz. Ich erzähle Ihnen jetzt eine ähnliche Geschichte, die ein Heiliger erlebt hat, aber ich verrate Ihnen nicht welcher, das müssen Sie selbst herausfinden. Der Heilige, damals noch ein Mönch, ging mit einem Mitbruder während eines Unwetters durch die Nacht, und es regnete und stürmte und war eiskalt. Und während sie in Richtung des Klosters wanderten, bat der Mitbruder den Mönch, ihm zu erklären, was wahre Heiterkeit sei, und nannte selbst ein paar Beispiele: vielleicht indem man die Geheimnisse der Schöpfung begreift, Sprachen beherrscht, andere bekehrt? Und der Mönch zählte noch viele weitere Dinge auf. Aber der Heilige schüttelte jedes Mal den Kopf und meinte, das ist nicht wahre Heiterkeit. Schließlich gab sein Mitbruder auf, und der Heilige erklärte ihm: Angenommen, wir beide kommen in einer stürmischen Nacht wie dieser endlich am Kloster an, ein Bruder öffnet die Tür und fragt, wer wir sind. Wir sagen es ihm, aber er hält uns für zwei Schurken, zwei Almosenräuber, und wir fürchten schon, dass er uns draußen bei Wind, eisigem Regen und Kälte stehen lässt. Doch wir beide pochen unermüdlich weiter an die Tür, die ganze Nacht lang, und hoffen darauf, dass er uns irgendwann wieder öffnet und endlich hereinlässt. Genau das ist wahre Heiterkeit. Und, haben Sie erraten, wer der Heilige ist?«

»Ich kenne mich mit Heiligen nicht aus, aber es kann niemand anders sein als Franz von Assisi, dieses frohe Gemüt!«

Nachdem sie ausgiebig gelacht hatten, schenkte sich Gabriele nochmals nach, um darauf anzustoßen: »Auf alle frohgemuten, positiv denkenden Menschen dieser Welt! Ihnen gebührt das Himmelreich! Erheben wir die Kelche!«

»Ich denke, Gläser tun es auch.«

»Im Grunde beneide ich Sie dafür, dass Sie sich so ruhig mit dem Weg, den Ihr Sohn eingeschlagen hat, abfinden können. Der einzige Sohn, der das Abenteuer eingegangen ist, sich als Musiker durchzuschlagen, und in der Bronx wohnt, in einer Straße, die vor Mäusen wimmelt. Es ist bestimmt nicht einfach, sich damit abzufinden. Meine Frau und ich haben es hingegen nicht akzeptieren können. Vor allem meine Frau nicht. Sie entsprach genau meinem Frauenideal, ich hatte Glück, sie zur Frau zu haben. Dieses Glück hat nicht jeder. Und unseren Sohn haben wir nach bestem Wissen und Gewissen erzogen. Meine Frau hat genau wie ich studiert, war sehr intelligent, hat drei Fremdsprachen gesprochen und beherrschte fünf weitere gut genug, um in diesen Sprachen zu lesen. Ich selbst habe zwei Universitätsabschlüsse und habe mich der Aufgabe verschrieben, als Pilot Menschen vor dem Feuer zu retten. Unser Sohn wollte dagegen nicht einmal die zehnte Klasse abschließen. Nachdem er ausgezogen war, sahen wir ihn eines Tages im Winter mit einem Werkzeugkasten in der Hand, der so schwer war, dass er ganz schief ging. Seine Wollmütze war ihm tief in die Stirn gerutscht. Er hatte sich in ein Mädchen verliebt, deren eine Gesichtshälfte verbrannt war. Sie stammte aus einer armen, verwahrlosten Familie, und weil wieder einmal niemand aufgepasst hatte, ergoss sich eines Tages ein Topf mit kochendem Wasser über das Mädchen.«

»Das arme Ding.«

»Ja, klar, das arme Ding. Aber musste ausgerechnet mein Sohn sich in dieses entstellte Mädchen verlieben? Meine Frau hat sich aus Verzweiflung und Wut das Leben genommen. Sie ist aus dem Fenster gesprungen. Ich weiß auch nicht, warum ich Ihnen all das erzähle. Normalerweise erzähle ich niemandem etwas.«

»Auch Ihre Frau kann einem leidtun. Wir alle können uns leidtun. Wir alle sind in der Tat bedauernswert. Wir kommen auf die Welt, als wäre sie perfekt, und dann …«

»Es gibt keine perfekte Welt.«

»Apropos Freundinnen. Mein Sohn hatte auch eine Freundin in New York, eine Sängerin. Ich habe auf seinem Computer ein Foto von ihr gesehen, ein bildhübsches Mädchen, mit rotem Haar und grünen Augen. Man weiß es zwar nicht genau, aber wir gehen davon aus, dass sie sich das Leben genommen hat, weil sie bei Rot die Straße überquert hat. Sie war sehr unglücklich, weil sich der Erfolg nicht einstellte und sie es nicht ertrug, dass ihre Familie, sehr reiche Juden, die vor Hitler aus Deutschland geflohen waren, um ihr Leben zu retten, deswegen auf ihren ganzen Besitz verzichten musste. Sie kamen fast völlig mittellos in New York an. Als mein Sohn von ihrem Tod erfuhr, drehte er durch. Er hat das Waschbecken in seiner Wohnung herausgerissen und den Bettrahmen zertrümmert. Dann ist er auf die Straße hinausgerannt und hat herumgebrüllt und mit den Fäusten gegen Schaufenster und Türen getrommelt. Zwei Polizisten sind ihm gefolgt, haben ihn an den Armen gepackt und in seine Wohnung zurückgebracht. Dort hat sich mein Sohn auf sein Bett mit dem kaputten Rahmen geworfen. Bis zu den Zähnen bewaffnet – haben Sie vor Augen, wie diese amerikanischen Polizisten aussehen? –, also, bewaffnet wie für einen Krieg, haben sie sich zwei Stühle herangezogen, sich neben Gregorios Bett gesetzt und sich von ihm erzählen lassen, warum er so ausgerastet ist. Sie haben bei ihm Wache gehalten, bis er eingeschlafen war, dann gingen sie leise hinaus. Dann haben sie an die Türen der Nachbarn geklopft, lauter Latinos ohne Aufenthaltsgenehmigung, und statt eine Razzia zu machen, haben sie sie gebeten, ein Auge auf den Jungen zu haben. Dann haben die Nachbarn, jeder hat einen Ersatzschlüssel von jedem, ihn ins Krankenhaus gebracht.«

»Ich muss schon sagen«, erwiderte Gabriele, »das ist in der Tat das Merkwürdigste, was ich je von Amerika gehört habe. Aber derlei Geschichten erlebt wirklich nur ihr beide, Mutter und Sohn – zwei bis an die Zähne bewaffnete Polizisten singen einen Typ in den Schlaf, der Fensterscheiben zertrümmert hat, ein Irrer wird rot vor Scham und zieht die heruntergelassene Hose wieder hoch, und eure Feinde verzichten auf weitere Gewalt, weil ihr ihnen auch noch die andere Backe hinhaltet … Immer wieder werden ganz normale Leute in Amerika von Polizisten wegen Bagatellen abgeknallt, unzählige Frauen vergewaltigt, und Feinde nutzen hingehaltene Wangen meist skrupellos zum Draufhauen.«

»Ich finde, Sie sollten Ihre Enkelin kennenlernen. Bestimmt ist sie sehr hübsch. Und wenn nicht, auch gut. Stülpen Sie Ihr Leben um wie einen Handschuh. Bei allem Respekt, aber trotz Ihrer beiden Universitätsabschlüsse erkennen Sie nicht, dass Ihr Sohn das wahre Genie ist, der Mensch der Zukunft, dem die äußere Hülle der Leute egal ist und für den eine einfache Arbeit genauso viel Wert ist wie eine angesehene. Wie viel innere Größe braucht es, um sich in eine Frau mit einer entstellten Gesichtshälfte zu verlieben? Ihr Sohn ist tatsächlich im gelobten Land angekommen. Wie auch immer, Sie können mich jederzeit wieder besuchen, jetzt wissen Sie ja, wo ich wohne, und berichten Sie mir doch bitte von Ihrer Enkelin. Nun schauen Sie nicht so, so klingen nun mal Ratschläge von einer Frau mit einem frohen Gemüt. Stimmt's?«

»Und ob. Und wenn ich mich in eine nicht mehr ganz junge, pummelige Frau ohne Haare, aber mit viel Herz verlieben müsste, könnte mir das ganz bestimmt nur bei Ihnen passieren.«

»Ich fühle mich geschmeichelt.«

48

Schon seit einer geraumen Weile war Marianna nicht mehr Marianna.

Sie sagte Sachen wie: »Ich habe ein kleines Abendessen vorbereitet, du kommst doch, oder?« Wenn sie neuerdings richtiges Essen zu sich nahm, übergab sie sich hinterher nicht mehr. Und wenn ihre Nachbarinnen Rezepte austauschten, setzte sie nicht mehr ihre gewohnte überhebliche Miene auf. Gerade stand sie vor dem Küchentisch, vor dem auf einem Lesepult aufgeschlagenen Rezeptbuch, daneben die abgewogenen Zutaten in säuberlichen kleinen Haufen.

Sie runzelte konzentriert die Stirn, als müsste sie eine Übersetzung aus dem Altgriechischen anfertigen. Ihre Schüler waren keine »Bastarde« mehr und die Kollegen nicht länger »falsch« oder »Drückeberger«. Nach dem »eigenhändig zubereiteten Abendessen« schlug sie vor, sich eine DVD anzuschauen, vielleicht sogar einen dieser Filme, die nicht schlecht ausgingen und deren Botschaft nicht lautete, dass das Leben widerlich war und dass es besser wäre, gar nicht erst geboren zu werden.

Und, am verwunderlichsten, sie trennte neuerdings den Müll.

An ihren Wäscheleinen auf der Gemeinschaftsterrasse hingen jetzt vorwiegend sündhaft teure, raffinierte Dessous. Sie ließ sich die Haare wachsen, die nach mehreren kostspieligen Bemühungen seitens des Friseurs ein hübsches Kastanienbraun mit goldenem Schimmer angenommen hatten, der gleiche Farbton, den sie als junges Mädchen gehabt hatte. Und vor allem setzte sie neuerdings die Brille nur noch auf, wenn es unbedingt nötig war.

»Und deine Brille? Du hast doch gesagt, dass du es nicht ertragen kannst, nicht zu sehen, wie die Dinge genau sind und wie die Menschen in Wirklichkeit aussehen, ob sie vielleicht kleine schwarze Punkte auf der Haut und Haare im Gesicht oder in der Nase haben und Löcher in den Strümpfen und ob der Haaransatz zu erkennen ist.«

»Aber inzwischen haben sich die Umstände geändert, und ich will das alles nicht mehr sehen.« Ein listiger Ausdruck erschien auf ihrem Gesicht, als spielte sie auf etwas an, was Felicita bislang entgangen war.

Zu ihren denkwürdigen Abendessen war natürlich auch Pietro Maria eingeladen, der jetzt bei seinem Vornamen genannt wurde, die Phase des »Signor Meloni« war vorbei.

Felicita beobachtete die beiden, um herauszufinden, ob zwischen ihnen womöglich etwas war, aber sie konnte nichts Auffälliges entdecken.

»Pietro Maria hilft mir wirklich sehr mit dem Park. Er arbeitet wie ein Verrückter. Weißt du was? Er hat sogar die Bäume gerettet, die wir schon für abgestorben gehalten hatten. Und auch die armen Pflanzen, die von Parasiten befallen waren, erholen sich wieder. Er hat mir sogar einen biodynamischen Gemüsegarten angelegt …«

Dann, eines Tages, siehe da, kam sie im seidenen Morgenmantel und eleganten Pantoffeln mit Absatz nach oben in Felicitas Wohnung: »Ich muss dir was erzählen. Gestern Abend hat mich Pietro Maria ins beste Restaurant in ganz Cagliari zum Abendessen eingeladen. Es ist jetzt bestimmt zwanzig Jahre her, dass mich zuletzt ein Mann zum Essen ausgeführt hat.«

»Und dann?«

»Und dann, ich hoffe sehr, Felicita, dir nicht wehzutun, ich hoffe, dass du deinen Sisternes ein für alle Mal abgeschrieben hast. Kurz und gut, dann sind wir zusammen ins Bett.«

»Wo?«

»In einem Zimmer in der Villa natürlich. Hier hätte er bestimmt keinen hochgekriegt, mit einer wie mir! *Hahaha!*«

49

Marianna saß auf zwei Koffern voller Kleider, denn natürlich würde sie nicht ihre hässlichen Möbel mitnehmen; sie starrte eine Wand an und seufzte.

»Weißt du, ich habe mir was anderes vom Leben erträumt, meine liebe Felicita. Alle träumen wir davon, geliebt zu werden, und zwar nicht wegen irgendetwas, sondern allein um unseretwillen. Meinst du, ich habe nicht gemerkt, dass Pietro Maria seinen Traum gefunden hat und dass ich das für ihn nicht bin?«

»Aber er begehrt dich. Du hast doch gesagt, er begehrt dich, jetzt, wo du attraktiver bist.«

»Arme Felicita. Glaubst du wirklich, die Seidendessous und die neue Frisur und ein paar Kilo mehr hätten das Wunder bewirkt? Ach was, er bekommt nur eine Erektion, wenn wir in der Villa sind. Hier oder woanders ist überhaupt nicht daran zu denken. Nein, es ist die Villa, die seine Begierde weckt. Erinnerst du dich, wie wir uns vor zwanzig Jahren zum ersten Mal unterhalten haben, als du bei mir geklingelt hast, um das Apartment anzuschauen? Damals habe ich dir den wahren Grund für meine Liebe zu Leopardi verschwiegen. Kurz und gut, ich war wie Leopardi und auch ich hatte es noch nie getan.«

»Was noch nie getan?«

»Sex. Ich habe bis vor Kurzem noch nie Sex gehabt. Ich war buchstäblich eine alte Jungfer.«

»Oh, du Arme. Und, hat Sisternes es gemerkt?«

»Warum hätte er es merken sollen?«

»Na ja, wegen des Blutes. Du warst doch Jungfrau.«

»Da waren nur ein paar Tröpfchen in meinem Slip, aber die habe nur ich gesehen. Weißt du, was ich gerade beschlossen habe? Dass ich die Villa doch den armen Alten vermache, samt biodynamischem Gemüsegarten, den hundertjährigen Bäumen und den von diesen afrikanischen Parasiten befreiten Palmen. Und dann schauen wir mal, ob mich Pietro Maria noch begehrt. *Hahaha!*«

»Aber hat es dir denn wenigstens gefallen?«

»Was?«

»Na ja, der Sex.«

»Und wie. Auch wenn es gekaufter Sex war.«

»Hör mal zu, Marianna, da niemand je das gelobte Land findet, wäre es da nicht besser, einfach unterwegs anzuhalten, sobald man an einem Ort angelangt ist, wo es einem gut geht? Manchmal muss ich an den Großvater der armen Judith denken, an die Juden, an Israel. Wäre für sie nicht irgendein anderer Ort auf der Welt besser gewesen, wo man sie akzeptiert und nicht gehasst hätte? Australien zum Beispiel hat die Juden willkommen geheißen. Wie viel besser wäre es ihnen in Australien ergangen! Aber um auf uns zurückzukommen, so glaube ich, dass wir alles in allem getrost bleiben können, wo wir sind, und dass wir hier unsere strapaziöse Reise beenden können.«

»›Die Reise geht hier zu Ende: in den kleinlichen Sorgen, von denen die Seele zerteilt wird, die keinen Schrei mehr zu tun weiß.‹«

»Ach, hör doch auf!«

»Ich mag Montales Gedichte, wegen der ›göttlichen Gleichgültigkeit‹. Wen ich dagegen nicht ausstehen kann, ist Manzoni, ihn und seine ›göttliche Vorsehung‹ …«

50

Sie standen in der Werkstatt, und Gabriele strich liebevoll über Felicitas Kreationen. Sie inspirierten ihn.

»Wenn man bedenkt, dass das mal Sachen waren, die im Müll gelandet wären«, sagte er. »Sie sind wirklich gut darin, Wracks zu bergen. Jetzt verstehe ich auch, warum mir meine Arbeit gefällt, weil auch ich rette, was zu retten ist. Die Leute legen Feuer. Vielleicht weil sie Bauland schaffen wollen. Vielleicht. Denn es gibt nicht nur einen Grund, der Menschen vorsätzlich ein Feuer legen lässt. Aber dank der Tonnen von Wasser, die ich vom Flugzeug aus über die Flammen werfe, wird Gott sei Dank ein Teil vor den Flammen bewahrt. Und dank Ihnen ist auch von mir etwas bewahrt geblieben.«

»Was für schöne Komplimente Sie mir machen.«

»Erinnerst du dich, als wir uns kennengelernt haben? Ich war am Boden zerstört und hab mit allem gerechnet, nur nicht, dass diese Dame, die Pst, pst! gemacht hat, mich sogar zum Lachen bringen würde. Wer würde schon damit rechnen, dass eine Frau, mit der man am Strand bislang nur ein paar Worte gewechselt hat, sich plötzlich nähern und einen fragen würde: Entschuldigung, aber warum betrachten Sie sich als ein Wrack? Weil … weil … Hab ich dir eigentlich erzählt, dass ich jetzt oft meine Enkelin besuche?«

»Duzen wir uns?«

»Ja, meine liebe Felicita, du Glücksbereiterin, wir wollen nicht länger dieses unpersönliche Sie benutzen.«

Und weil ihm sein Vorschlag, zum Du überzugehen, offenbar peinlich war, errötete er sogar ein wenig.

Schnell sammelte er den Mantel und seine übrigen Sachen ein, gab ihr zwischen zwei Wangenküsschen auch einen flüchtigen Kuss auf den Mund, fast wie aus Versehen, und ging hinaus.

Felicita verharrte noch eine Weile in der Tür. Inzwischen müsste er eigentlich unten angekommen sein, die Treppe hatte ja nur eine Kehre. Aber die Haustür ist noch nicht ins Schloss gefallen.

Jetzt hat er es sich anders überlegt, dachte sie, und hat auf dem Absatz kehrtgemacht. Jetzt kommt er wieder die Treppe hoch und sagt mir, dass er mich liebt.

Dank

Danke an Luisa Degioannis, Laura Desogus und Nanda Lecis, denn wenn sich die Leser bei der Lektüre meiner Bücher gut unterhalten, verdankt sich das nicht zuletzt ihren geistreichen Einfällen. Wann immer sie einen zum Besten gaben, habe ich ihn schnell aufgeschrieben, um mir das Vergnügen und die Freude daran zu bewahren.

Ein ganz besonderer Dank geht an meine Cousine Sandra, denn die ermutigenden Lebensweisheiten, die Felicita im Lauf des Romans entwickelt, gehen auf ihr Konto.

Von ganzem Herzen danke ich Ginevra Bompiani und Marco Desogus, die mit so viel Geduld die zahlreichen Versionen meiner Geschichten gelesen und mir immer wieder wertvolle Ratschläge gegeben haben.